U0040934

大　師　名　作　坊

MASTERPIECE 912

# 在你說「喂」之前

伊塔羅・卡爾維諾◎著
倪安宇◎譯

CONTENTS

在你說「喂」之前

CONTENTS

Prima che tu dica《Pronto》

CONTENTS

在你說「喂」之前

# 關於本書

埃斯特・卡爾維諾

伊塔羅・卡爾維諾很早，從青少年期，就開始寫作：短篇、寓言故事、詩及劇本。劇本是他第一選擇，也或許是最愛。那段時間寫了不少劇本，不曾發表。但他獨具的自我批判力和客觀自省能力，促使他早早放棄了那個創作方向。一九四五年給好友艾烏哲尼歐・斯卡法利（Eugenio Scalfari）的一封信中，卡爾維諾簡短宣布：「我改走文學創作了。」斗大的字佔滿全頁，可見其重要性。

從那一刻起，卡爾維諾的寫作生涯不曾間斷：不管什麼地方，什麼場合，在書桌上或就著膝蓋，在飛機上或旅館房間內，無時無刻不埋頭工作。所以，他留下的作品如此多樣，包括許多短篇、寓言，實不意外。其中一部分經他結集成冊，還有很多發表在報紙和雜誌上，另外也有未發表的。

本書所收錄的——包括未發表的——是他一九四三年（當時未滿二十歲）到一九八四年

的部分作品。

其中不乏原屬長篇小說的構思，後來卻發展成短篇的成果。這在卡爾維諾並非罕事，像〈白帆〉（Il bianco veliero）這部未發表的長篇小說，就不止一個章節被獨立收入一九五八年出版的《短篇小說集》（*Racconti*）。

還有一些作品是應特殊要求完成的：如果不是一家在亞洲釀造某暢銷威士忌的酒廠爲慶祝建廠五十周年，邀請歐洲幾位知名作家撰文誌慶的話，卡爾維諾未必會寫出〈冰蝕〉。當時只有一個限制，就是在文中必須杜撰一種酒。〈冰蝕〉先以日文問世，後以義大利文發表。另外一篇〈邪惡之家〉的那場火的寫作過程及發表途徑也頗不尋常。這回業主是IBM，要求籠統：用電腦從事文學創作，可以到什麼程度？這發生在一九七三年的巴黎，當時電腦尚不普及，卡爾維諾興致勃勃花了很多時間研究電腦，最後以人腦代替電腦，完成了這項任務，作品刊在義大利版的《花花公子》上。事實上，這對精神上注定要與鼓吹組合藝術（ars combinatoria）及不斷向自身精確能力挑戰的Oulipo[1]結合的卡爾維諾來說，並非難事。

關於本書開頭幾篇未曾發表、且十分簡短——卡爾維諾稱之爲「極短篇」——的短篇，或許由他一九四三年創作初期的一段註記，可以瞭解他的態度：「因爲壓抑，所以有寓言。當一個人無法明白表達己念時，便寄情於童話。這些極短篇，是一個年輕人在法西斯治下的政治、社會經驗的映照。」他還說，等時機一到，也就是法西斯政權結束的戰後，寓言故事就不再必要，作家可以從事別種創作。不過由未收錄及本書爲數不少的作品標題和日期來看，儘管年少信誓旦旦，卡爾維諾多年後仍未放棄他的寓言創作。

〈水之呼喊〉和〈拼音遊戲〉兩篇得之不易，雖然狹義來說既非寓言也非短篇，但值得推薦給讀者。

至於某些就整體角度來看似顯突兀或自成一格的作品，也是卡爾維諾寫作計畫的一部分，只是不及實現。

---

❶ Ouvroir de litterature potentielle。

# 寓言及短篇

(一九四三～一九五八)

# 呼喚德蕾莎的男人

我步下紅磚道，仰著頭倒退走了幾步，站到馬路中央，手圈著嘴巴，對著大廈頂樓揚聲喊：——德蕾莎！

我的影子受到月光驚嚇，在腳邊縮成一團。

有人經過。我又喊：——德蕾莎！——那個人走過來說：——你不喊大聲一點，她怎麼聽得見。兩個人試試看。我數到三，再一起喊。——他數：——一，二，三。——我們一起喊：——德蕾莎！

路過一小群剛從劇院出來或咖啡館散會的朋友，看見我們兩個在喊，說：——我們也來幫忙。——便站到馬路中央，先前那傢伙數一二三，然後大家齊聲喊：——德—蕾—莎——！

又有路人經過，加入我們；一刻鐘後，我們變得陣容龐大，差不多有二十來個，而且不時有新人入夥。

要大家都在同一時間喊，並不容易。老有人還沒數到三就喊，或者尾音拖太長，不過後來有幾次喊得不錯。大家說好了「德」是低沉、長音，「蕾」是高亢、長音，「莎」則是低沉、短音。效果很好。偶爾因爲有人走音鬥鬥嘴。

大家越喊越有默契了。這時一個聽聲音該有滿臉雀斑的仁兄問：——你們確定她在家嗎？——

——不確定。——我說。

——這可好了。——另一個說。——忘了帶鑰匙了，對吧？

——鑰匙，——我說。——我有啊。

——那，——他問我。——你幹嘛不上樓？

——我又不住這裡，——我回答。——我住城的那一邊。

——喔，對不起，我好奇請問一下，——那個聽聲音滿臉雀斑的男人小心翼翼地問：——

——誰住這裡？

——我也不知道。——我說。

大家有點不以爲然。

——那可不可以知道，——另外一個聽聲音有暴牙的人問：——你幹嘛在這大樓下面叫德蕾莎？

——對我來說，——我回答。——我們也可以喊別的名字，或換一個地方喊。沒什麼區別。

其他人開始有點不滿。

——你該不會是存心跟我們開玩笑吧？——那個雀斑男人語帶懷疑。

——怎麼會？——我不是很高興，轉向他人尋求支持。大家不發一語，對我的暗示沒反應。

氣氛有些尷尬。

——這樣好了，——有一位好好先生說。——我們再喊一次德蕾莎，然後回家。

大家又喊了一次。——一二三德蕾莎！——喊得並不好。然後鳥獸散，有人往西，有人往東。

我已經轉進廣場，仍隱約聽到：——德—蕾—莎！

還有人留在原地繼續喊，不肯放棄。

# 一念之間

發生過一次，在十字路口，熙來攘往的人群中。

我停下腳步，眨眨眼睛：不懂。完全不懂：那些人、事的道理，這一切，都沒有意義，荒謬至極。我不禁笑出聲來。

那一刻，我納悶的是爲何之前都沒有察覺，始終照單全收：紅綠燈、汽車、海報、制服、紀念碑。那些東西根本脫離世間常軌，彷彿在它們之間存在一種必然性、一致性，使彼此纏綁不得分離。

於是我收起笑聲，因羞愧而臉紅。指手劃腳，希望引起路人的注意。——大家停一下！——我高喊。——這不對嘛！這一切都有問題！看我們做了什麼荒唐事！這不會是正確的方向！後果不堪設想！

人群停了下來，圍住我，等看好戲。我站在中間，努力比劃，急於解釋，迫不及待要和大家分享那突然啓發了我的靈光一現，卻說不出話來。我沉默不語，是因爲就在我舉臂張口的刹那，偉大的啓示倏忽已逝，之前說的話，乃一時衝動。

——怎麼啦？——人們問我。——你剛說那話什麼意思？一切都很好啊，很正常啊。每一事都是另一事的必然結果，每一物都與他物互補。我們看不出任何荒謬或失序的地方！

我站在那裡，茫然失措，眼前一切都恢復了原樣，看來再自然不過。紅綠燈、紀念碑、制服、摩天大樓、鐵軌、乞丐、車水馬龍。然而我平靜不下來，惴惴不安。

——對不起，——我說。——大概是我弄錯了。我沒搞清楚。一切正常。對不起。——在衆人異樣的眼光中離去。

可是，即使今天，每當（常常）我又不明白某件事時，會本能地希望靈光再現，再一次什麼都不懂，擁有那與衆不同、分秒間乍現又消逝的智慧。

# 知足

曾經有一個小鎮，事事都受禁令限制。

到了後來，唯一未受禁令約束的只剩巧力彈木柱遊戲。所有鎮民便每天到小鎮後的草地上彈木柱打發時間。

由於禁令是陸陸續續頒布的，而且都有正當理由，所以從來沒有人反對或不適應。

時光荏苒。有一天督察大人們認爲沒有道理事事禁止，便派傳令使者通知鎮民，從此百無禁忌。

使者到鎮民常年聚集的地方去。

——從此以後，——使者們宣布說：——一切禁令取消。

大家繼續在玩巧力彈。

——你們聽見了沒有？——使者們鍥而不捨。——從現在起你們愛做什麼就可以做什麼。

——很好，——鎮民回答。——我們要玩巧力彈。

使者忙不迭提醒大家過去曾經嚮往的種種有趣、有益的活動，如今又重新成爲生活的一部分。可是大家充耳不聞，連頭都不抬，彈完一指又一指，繼續玩他們的遊戲。

眼看勸說無效，使者回報督察。

——這還不容易，——督察說。——下令禁止玩巧力彈。

結果鎮民暴動，殺掉所有官員。

然後毫不遲疑地回頭去玩巧力彈。

# 乾涸的河流

此刻，我又回到乾涸的河流。身在異鄉多年，但是這一切非但未因此漸漸熟悉，反而越發流露出冷漠表情：不論形式、顏色或彼此之間的和睦關係。除此之外我學會認識的是現在環繞著我的山丘，有線條細膩的坡地、草原、沿坡栽植的葡萄園，以及陡峻的梯田，緩緩而下。嶄新的是顏色，猶如彩虹般的色調。零星的綠樹彷彿凌空而立，像一朵朵白雲，近似透明。

然後我才意識到空氣，在我注視下變得很具象，好像我伸手進去便可捧出滿滿一掌心。而且發現自己與外面的世界格格不入，跟被包在裡面的我一樣是灰泥砌成、有稜有角，有著如尖叫，如哄笑般艷麗卻陰鬱的彩色裂縫。無論我怎麼努力想在我和外物之間打個圓場，卻找不到合適的話來包裝；因爲我說話老是那麼零散、硬梆梆的，彷彿丟出一粒粒石頭。

如果我會想起什麼片斷的甜美記憶，那不會是我的經驗而是理解：像古畫中也許實際上不存在的鄉鎮背景，或古詩人未被理解的詩句。

我在這樣流動的氛圍中，邊游邊感覺到我的稜角漸漸被磨去，拋開疑慮，融入其中。但只要看到這條乾涸的河，原來的我就又重新出現。

心底對水，不乏宗教意味，幾近儀式性的慾望——時值夏季——蠢蠢欲動。那天晚上我在葡萄園做了一次膜拜之浴，水，對我而言本就是幸福的同義詞，在我腦中以女神，以情人之姿無限膨脹。

眼前出現的是山谷盡頭稀疏的灌木叢後的聖殿。大河中白石密佈，一片靜謐。旁邊流過一縷小溪，不露痕跡，只是一道水痕。夾在巨石和兩岸蘆葦間的貧瘠溪流有時帶我重溫淙淙水聲，有時讓我回想起那些狹隘、令人疲憊的山谷。

或許是因爲腳下踩著石頭——溪底有表面結了一層乾硬海藻的紅色石頭——，或是因爲我不得不從一塊石頭移動到另一塊石頭上，或走，或躍，也或許只是卵石崩塌發出的聲音。

我和這裡的不協調慢慢減少，漸入佳境：一種惺惺相惜，抽象的血緣感覺將我和有羞澀但頑強的地衣覆蓋的石頭連在一起。在這乾涸的河流身上我認出了不修邊幅的遙遠的父親形象。

我們沿著乾涸的河流走。走在我身邊的他是命運的夥伴，當地人，黝黑的皮膚和長及背脊的頭髮，加上厚唇和塌鼻子，詭異的外貌眞不知道要說他是像剛果還是大洋洲的酋長。他雖然是四眼田雞，行進間又因爲我們的突然闖入倍受笨手笨腳的弄潮人抱怨，仍然一派莊嚴肅穆的神態。只是生活簡樸如清教徒的他，說的都是不堪入耳的髒話。他是我聽過講話最多氣音的：嘴巴永遠大開要不就不斷吐氣，像硫磺不停冒煙，機關槍似的掃射出聞所未聞的罵人的話。

我們就這樣溯溪而上，尋找一處較寬闊的支流好清洗我們骯髒、疲憊的身軀。

我們走在大河谷裡，河灣在新景致的點綴下格外熱鬧。高高的礁石上，眼睛的新發現，坐著三、四位穿著泳衣的小姐。泳衣有紅有黃——或許也有藍，極有可能，但我不記得了，我的眼睛需要的是紅色和黃色——還有泳帽，彷彿海灘走秀。

精神爲之一振。

一彎碧綠的溪水流過那裡，只淹過腳踝，想玩水得蹲坐地上。

我們逗留了一會兒，眼睛欣賞著無限風光，她們表現出來的反感卻教我們懊惱，自慚形穢。然後我們朝她們走去，大膽開口搭訕，研究她們，像個無賴，竭盡所能的耍寶、庸俗。我那聒噪的夥伴帶點羞怯，對這個遊戲並不太熱中。

過了一會兒，厭倦了我們的費力和她們的冷淡，又重新上路，更加肆無忌憚地評頭論足。差堪告慰的是眼裡的回憶，不是她們的嬌軀，而是那些黃色和紅色的泳衣。

突然有一段支流，不深，可是淹沒了整個河床；河岸又高又陡，只好涉水而過。我們穿的是橡膠底的布鞋，水滲了進去，等回到乾的地方，每走一步腳就在鞋子裡面溜來溜去，擠出氣泡，噗嗤噗嗤作響。

天黑了。白石上滿是蹦蹦跳跳的黑點：青蛙。

牠們應該才剛長腳，體型嬌小還帶著尾巴，好像還沒有完全適應自己新的能力，三不五時就看到牠們彈向空中。每一塊石頭上都有一隻，待一會兒就跳走換另外一隻補位。然後同時間躍起朝大河前進，只見到處都是那些兩棲動物，有如放眼望去無邊無際的軍隊，我感到一陣錯愕，像黑白色調，像中國水墨般哀傷的卡通片，給人一種無止盡的感覺。

在一汪光如鏡面的水池處我們停了下來，大小除可容我們沐浴外，還尚有轉圜空間。我脫個精光泡在水裡：綠油油的水池裡漂浮著腐爛中的河藻。泥濘的池底滑溜溜的，一碰就飄起朵朵泥雲。

純淨，是水，好美。

同伴穿著鞋襪就下水了，只留了眼鏡在岸邊。然後帶點宗教儀式的味道，開始打肥皂。

洗澡，我們的慶典就這樣開始，誠屬難能可貴。恰好容得下我們的水池肥皂泡四溢，呼喊聲不斷，可與大象入浴媲美。

河岸邊有柳樹、灌木和水車人家，跟水，跟石頭比起來是那麼不眞實，在灰色夜幕籠罩下，那些東西彷彿褪了色的掛毯。

我同伴開始洗腳，方法很奇怪，不脫鞋襪，就直接在上面抹肥皂。

我們擦乾身體穿上衣服。我的襪子裡跳出一隻青蛙。

我同伴放在岸邊的眼鏡大概被濺到些許水花。結果──他戴上去以後──透過溼答答的鏡片看到被最後的夕陽沾染得五顏六色的世界，眞是一團糟。他放聲笑，還是笑，煞不住車的他跟疑惑的我說：「我根本什麼都看不見！」

梳洗完畢，原本筋疲力盡現在略爲恢復元氣的我們向新的河朋友揮手告別，走上一條河邊小路，各有所思，一面想什麼時候回來，一面豎起耳朵聽遠處的號角聲。

# 良心

戰事爆發，路易吉自願入伍當兵。

大家佩服萬分。路易吉到軍械室領了一支槍，說：——現在我要去把亞伯特給宰了。

大家問他亞伯特是誰。

——一個仇人。——他回答。——我的仇人。

衆人解釋給他聽，要殺得殺特定身分的敵人，不是看他自己高興。

——幹嘛？——路易吉說。——你們以爲我是白痴啊？那個亞伯特是具備敵軍身分，是敵人沒錯。當我知道你們向他們宣戰時，我就想：我也從軍，這樣就可以把他幹掉。我是爲了這個自願入伍的。亞伯特那個混蛋爲了一點錢，害我在一個女人面前丟臉。不相信的話，我可以把來龍去脈說給你們聽。是以前的事。

大家說既然如此，那就沒問題了。

——那，——路易吉說。——你們告訴我亞伯特在哪裡，我好去找他跟他算帳。

都說不知道他在哪裡。

——沒關係，——路易吉說。——我來打聽，總有一天找到他。

大家跟他說，這樣行不通，他得到上級分派的戰場上作戰，遇到誰就殺誰，對方是亞伯特與否他們沒興趣。

——那不行，——路易吉不死心。——我就說要告訴你們事情的經過嘛！那傢伙是個不折不扣的大混蛋。跟他打，那才叫大快人心。

沒人理他。

路易吉看大家反應冷淡：——哎，對你們來說，殺敵無所謂哪一個，對我則不然。要我殺一個跟亞伯特非親非故的人，我做不到。

大家耐性缺缺。有人苦口婆心解釋給他聽，告訴他戰爭是怎麼回事，不可能只想著自己的仇家。

路易吉聳聳肩膀：——如果是這樣，——他說。——那我不幹了。

——你來了，就走不了了。——大家齊聲叫嚷。

——踏步—走，一—二，一—二！——路易吉被送上了戰場。

路易吉並不快樂。他奮力殺敵，期盼著有一天能殺到亞伯特或亞伯特的親戚。他每殺一個敵人，他們就發一個勛章給他，可是路易吉並不快樂。——我要是沒殺到亞伯特，——他想，——豈不是白白殺了那些人。——心有愧疚。

勛章一個接一個，所有金屬質材都齊了。

路易吉想：——今天殺完明天殺，敵人越來越少，那個混蛋遲早會讓我遇上。只是敵軍在他找到亞伯特前就投降了。路易吉一想到平白無故殺了那麼多人，就良心不安。

既然戰事已息，他把所有勛章裝在一個大袋子裡，到敵國去將其分送給死者的妻子、子女。

就這麼挨家挨戶拜訪，結果遇上了亞伯特。

——太好了，——他說，——總有一天等到你。——然後把亞伯特殺了。

於是路易吉因殺人被捕，送上法庭，處以絞刑。審判中，路易吉一再重申自己之所以那麼做，是爲了給良心一個交待。無人理會。

# 團隊精神

我停下腳步看著他們。

夜已深，他們在僻靜街道上的一家商店鐵捲門前忙碌著。

鐵捲門十分沉重：他們用鐵棍使勁地撬，鐵門紋風不動。

我一個人經過那兒純屬偶然。我也上前抓住鐵棍出力，他們讓了位子給我。

大家時間配合得不好，所以我喊「呵——喝！」。右邊的傢伙用肘頂了頂我，低聲說：

「別出聲！你瘋啦！要讓別人聽見嗎？」

我搖搖頭，表示是一時疏忽。

我們花了一些時間，汗流浹背，最後總算撬開鐵門，大小足可供人通過。我們互望，很有成就感。然後魚貫進入。我負責拎袋子，其他人搬東西。

「只要那些欺善怕惡的警察別來就好了！」他們說。

——沒錯，——我回答。——警察最欺善怕惡！——別講話！是不是有腳步聲？——他們偶爾會擔心。我就緊張兮兮地側耳傾聽，然後回報。——沒有，不是他們！

——那些人老是攻我們一個措手不及！——其中一個跟我說。

我搖搖頭。——應該把他們統統幹掉。——我說。

他們叫我到外面的街角看看有沒有人來，我就去了。

外頭角落裡，還有另外一批人也貼著牆前進。

我加入其間。

——往前面有聲音的方向走，那排商店那裡。——我旁邊的傢伙說。

我探頭出去。

——把頭縮回來，白痴，要是被他們看到，待會兒又全給溜了。——他壓著嗓子。

——只是看一下嘛……——表示歉意後，我也貼住牆。

——這次若能出其不意包圍成功，——另外一個說。——就可以把他們一網打盡。

我們躡手躡腳，摒住呼吸，不時彼此互望，眼睛發亮。

——他們這回逃不掉了。——我說。

——總算可以人贓俱獲。——有人說。

——總算。——我說。

——這些豬狗不如的東西，這樣子偷商店！—他又說。

——豬狗不如！——我氣呼呼地重複。

他們派我當前哨，一探究竟。我走進商店。

——現在，——把袋子扛上肩膀的一個傢伙說。—他們抓不到我們了。

——快！——另外一個說。——我們從後門走，讓他們撲個空。

大家臉上都掛著一絲勝利的微笑。——教他們白忙一場。——我說。然後大家往後門溜。

——又要了他們一次！——大家正在得意之際，忽然聽到：——不許動！誰再跑！——燈光大亮。我們找到一個藏身處躲了起來，手握著手，臉色發白。另外那批人進來搜，但沒看到我們，轉身出去。我們連滾帶爬往外衝，拔腿就跑。——我們成功了！——大家齊喊。我絆了兩、三跤，落在後面，變成追的那一群。

——加油，——他們說。——追上他們。

大家在巷弄中死命地跑，窮追不捨。——你走那裡，你抄這個近路。——互相打氣，距離已經拉近了，有人大喊一聲：——他們逃不掉了，衝啊。

結果我追到了一個。他跟我說：——你也脫身啦，好傢伙。來，我們走這邊，他們找不到的！——我跟著他走。後來在一條巷子裡，我又落單了。有一個傢伙擦過我身邊，邊跑邊跟我說：——來啊，往這邊，我看到他們了，走不遠的。——我又跟著跑了一小段。

然後我停了下來，渾身是汗。四周不見人影，也沒有半點聲音。我手插回口袋裡，繼續我一個人、漫無目標的散步。

# 害群之馬

有一個村落，全村都是小偷。

每天晚上家家戶戶出動，帶著撬鎖工具和遮光燈去鄰居家偷竊。清晨滿載而歸的同時，發現自己家也被洗劫一空。

就這樣大家各自心裡有數，沒人吃虧。因爲你偷我，我偷他，以此類推下去，最後一家就偷第一家。村落裡的每一筆交易都是欺騙，對買賣雙方而言都一樣。所謂政府不過是一個專門訛詐老百姓的犯罪組織，而老百姓呢，滿腦子只會盤算如何欺瞞政府。一切運作無礙，村內無富人也無窮人。

有一天，不知怎麼的，突然冒出了一個老實人。到了晚上，不但不帶著遮光燈和布袋出門行竊，居然還留在家裡抽菸看小說。

小偷到了他家門口，看見燈亮著只好過其門不入。

不過這個情況維持不了太久：得讓他知道，他不想偷，也不能阻礙別人那麼做呀。只要他晚上待在家裡，隔天就有一戶人家要挨餓。

面對如此充分的理由，老實人也無話可說。他只得夜出晝歸，但不是去偷。無事可做的他，到橋上望一夜流水，然後回到那被小偷光顧過的家。

不到一個星期，老實人落得一貧如洗，四壁蕭然，連吃飯都成問題。這就算了，因爲是他自己的錯；問題是他這麼做，引起了一連串的混亂。他被大家偷個精光，而他又不去偷別人，永遠有人清晨回家時發現家中完好如初：那個該老實人下手的家。一段時間之後，那些沒被他偷的家庭比他人富裕，就不願再偷了。至於那些輪到要偷老實人家的家庭卻找不到東西偷，便越來越窮。

家境富裕的人，漸漸也養成了晚上到橋上看流水的習慣。這一來，情況更爲混亂。又有其他人因此致富，另外一些人變窮。

富人們發現夜晚避至橋上這種作法，日子一久會導致自己變窮，他們想：——我們可以付錢給窮人，讓他們代我們去偷。——於是訂下合約，談好薪水，還有抽成。不忘盜賊習性，這中間爾虞我詐，好不熱鬧。不過，一如往例，富者愈富，貧者愈貧。

後來，有些富人有錢到不需要偷，或讓別人爲他偷來維持自己的財富，可是如果他收手，又會被窮人偷窮。於是他們雇用窮人中的赤貧階級來看守自己的財產，免受窮人威脅，所以有了警察制度，還蓋起一座座監獄。

如此一來，老實人事件之後沒幾年，大家的話題不再是偷與被偷，而是富與貧。即便大家都是竊賊出身。

至於老實人，已成爲絕響。他沒撐多久就死了，餓死的。

# 百無一用

高懸的太陽照入斜巷，陽光東一塊西一塊，將屋頂的陰影打在對面的牆上，巧妝打扮的櫥窗也燃起眩目光芒，偶爾，不經意的一線光映上紅磚道匆匆錯身的行人的臉。

我第一次看到淺眼珠男人是在一個十字路口，不記得他是停或走，確定的是他越來越靠近我，也許是我向他走去，或許是他向我走來。他又瘦又高，身穿淺色風衣，臂上掛著一把收攏繫好的傘，頭上戴了一頂呢帽，也是淺色，帽沿寬且圓；帽沿下是沉穩、清澈的大眼睛，眼角奇怪地抽搐。看不出年齡，瘦巴巴，皮膚很好。手裡拿了一本書，闔上的書頁以手指取代書籤夾入。

我立刻察覺他的目光鎖定了我，目不轉睛從頭到腳打量我，直視我背後，看透我。我硬生生將視線移開，可是，一面走，又忍不住偷瞄回去，每一次都發現他依然盯著我，而且離我更近。最後，他跟我面對面站著，薄到幾乎看不見的唇正彎出一絲微笑。男人慢條斯理地由口袋伸手出來，用一根指頭指指地上，我的腳，然後開口說話，聲音平淡無奇。

——對不起，——他說。——你的鞋帶鬆了。

眞的。鞋帶垂在磨損、老舊的鞋緣兩側。我臉微紅，嘟囔了一聲——謝謝——，彎下腰去。

在路上繫鞋帶最討厭了，尤其像我那樣，停在人行道中央，沒有凸出物可供擺腳，單膝著地，不時絆到來往行人。淺眼珠男人打了個招呼，頭也不回地走了。

上天註定我們要再次相遇，不到一刻鐘他又出現在我眼前，停在一面櫥窗前。一股莫名的渴望讓我想掉轉頭，或是趁他專注於櫥窗之際，從他身後快步走過，這樣他就不會看到我。不，太遲了，陌生人已經轉過頭來看到了我，他望著我，又有話要對我說。我走到他面前，提心吊膽。這回他的語氣比之前更溫和。

——你的鞋帶，——他說，——又鬆了。

眞恨不得找個地洞鑽進去。一聲不吭，我彎下腰去俐落地大力繫鞋帶。耳朵嗡嗡作響，感覺上經過我身邊的行人跟上一次是同一批，而且之前已經注意到我，竊竊發出嘲笑的聲音。

然而此刻我的鞋帶牢牢地、一絲不苟地繫著，步伐輕快且自信。帶著一股不自覺的驕傲，心底暗自希望再遇到那個陌生人一次，好為自己平反。

只是，當我剛繞完廣場一圈，在同一條紅磚道上遇到他，相距僅數步之遙時，心中滿滿的驕傲不見了，隱隱開始心虛。陌生人一臉抱歉地看著我，輕輕搖著頭向我走來，一副明知人力不可勝天的無奈表情。

我跨步向前，趁機瞄了那隻闖禍的鞋一眼，心懸著。鞋帶沒事，繫得好好的。但我依舊忐忑不安，他繼續搖了一會兒頭，然後說：

——這次是另外一隻鞋的鞋帶鬆了。

就像在作惡夢，我好想抹去一切，醒過來。誇張地做了一個不服氣的鬼臉，咬住嘴唇以示強忍住詛咒的衝動，在馬路中央彎下腰，氣急敗壞地扯著鞋帶。眼中冒火，我直起身來，低頭走開，一心只想逃離眾人的眼光。

可是那天的苦難尚未結束。就在我急急衝回家的路上，感覺到那個蝴蝶結漸漸滑動，結越來越鬆，鞋帶正一點一點地散開。我先放慢腳步，彷彿謹慎可以維繫混亂中就快要不保的平衡。家，還那麼遠，我的鞋帶卻已拖在石板地上，節節飛舞。我的步伐開始凌亂，逃竄，被強烈的恐懼追趕：害怕再見那個人坦誠的目光。

那是一個小鎮，方寸之地，人來人往；轉一圈，半個小時內可以遇到同樣的面孔三、四次。我踏著夢魇般的步伐，在羞於讓人看見鬆開的鞋帶，和羞於讓人看見我彎腰繫鞋帶之間掙扎。人們的目光像叢林中的枝枒推擠著我。我閃進最近的一扇大門，躲起來。

在門廊盡頭，半明半暗處，站著那個淺眼珠男人，手扶著收攏的傘柄，似乎在等我。

我先表示我的詫異，然後豁出去了微微一笑，搶在他之前指指皮鞋。

陌生人一貫憂鬱的體諒表情，表示知道。

——是啊，——他說，——兩個鞋帶都鬆了。

至少在門廊下繫鞋帶比較平靜，而且有階梯可以靠腳。即便在身後，居高臨下，站著那個淺眼珠男人，緊盯著我手指的每一個動作，以他的目光擾亂我。算了，反正我也沒什麼好損失的，乾脆吹起口哨，再打一次那不知道重複了多少次的該死的結。這次很順手，我從容不迫。

那人若能保持靜默，不要開口就好了！他先咳了幾聲，有點猶豫，然後下定決心，一語道破：

——說實在的，你根本就不會繫鞋帶。

我回頭看他，漲紅了臉。身子仍然弓著，話已衝口而出。

——我呀，——我說，——繫鞋帶特別低能。你大概不相信。小時候我就是不肯學，穿鞋用鞋拔幫忙，不解鞋帶。我對繫鞋帶實在沒辦法，亂綁一通。你大概不相信。

他的回答很奇怪，我萬萬沒有想到他會這麼說。

——那，——他說，——等你將來有小孩，要怎麼教他們繫鞋帶呢？

更奇怪的是，我居然想了一下，然後回答，好像我早就這麼問過自己，心裡也有了答案，只等著有人向我提出這個問題。

——我的小孩，——我說，—可以從別人那兒學到如何繫鞋帶。

陌生人又再問，這回更離譜了。

——假設有一天洪水氾濫，人類都死光了，而你、和你的子女是延續人類後代的選民，那怎麼辦，你可曾想過？你要怎麼教他們繫鞋帶？等到人類重新發明繫鞋帶，不知道又要幾個世紀！

我完全糊塗了，除了鞋帶，還有他的理論。

——可是，——我試著反駁，—是你說的，我連鞋帶都不會打，爲什麼選我？

淺眼珠男人逆光站在門邊，眞的很有天使的感覺。

——爲什麼選我？——他說，——每個人都這麼回答我。每個人都有一個結，都有一樣東西不會，這些無能將人類綁在一起。整個社會就在這人類的不對稱上發展：盈虧互補。

洪水氾濫呢？萬一洪水氾濫，需要諾亞的時候，怎麼辦？一個正直的人，未必就是能夠拯救延續世代不可或缺的事物的人。你看，你不會繫鞋帶，另外一個不會刨木頭，有人還沒讀過托爾斯泰，有人不會播種……。我找了這麼多年，你知道嗎，真難，實在太難了。人類就像那分不開的瞎子和跛子，不得不手牽手，又有吵不完的架。也就是說，如果洪水來襲，我們將無一倖免。

說著說著，陌生人轉身離去，消失在馬路上。我再沒見過他，直到今天我還在想，他究竟是神經病，還是在芸芸眾生中尋覓諾亞未果的天使。

# 鴨之飛翔

聽到槍聲，他從木床上跳起來；混亂中有人打開了牢門，包括他這間。一個滿臉鬍子的金髮男人探頭進來跟他說：「快走吧，你自由了。」搞不清楚怎麼回事，納塔雷還是很高興，記起自己衣衫不整，身上只穿了一件背心，便抓起一條軍褲往腿上套，那是他僅有的衣物。怎麼弄都穿不好，納塔雷氣得指天罵地。

就在這時候，一個兩百公分高的斜眼彪形大漢拿著一根木棍進來，鼻孔一掀一掀地哼唧唧問：「在哪裡？在哪裡？」然後納塔雷發現木棍已經在自己腦袋上方，迎頭劈下。彷彿在他腦中有群鴨子一飛衝天，腦門正中央鮮血飛濺。納塔雷軟軟倒下，失去知覺。

跟他們早已達成協議的其中一個軍人進來，高喊：「你幹什麼？那是犯人！」立刻許多人憂心忡忡地圍住躺在地上腦袋開花的男人。出手打人的大漢還兀自嚷著：「我不會搞錯的！他還穿著法西斯的制服！」

動作得快，非洲援軍隨時會到。還有機關槍、彈匣、炸彈得帶走，剩下的全得燒光，特別是那些文件。偶爾有人會來問問人質：「好了沒有，我們要走了。」而人質是亂成一團。將軍單穿一件襯衫在牢房走來走去，「我馬上就去換衣服」，他說；還在徵詢神父意見的藥劑師的領帶凌亂地掛在脖子上；女律師倒是妝扮妥當，一切就序。

還有，得盯著具軍人身分的犯人，兩個晃來晃去、馬褲打扮的老兵有聊不完的家庭、小孩，角落裡悶不吭聲的下士，一臉蠟黃。

最後將軍開始講話，說他們在這裡是人質，一定很快就會被釋放，要是跟游擊隊走，很難說會怎麼樣。三十來歲體態豐滿的女律師本有意要跟小隊走，不過神父和藥劑師跟將軍說好了要留，結果統統留了下來。

凌晨兩點，游擊隊零零星星往山上撤退，跟他們一起走的還有兩個做內應引他們入營的值勤兵，幾個牢房放出來的年輕人，以及三個有機關槍抵在背後的法西斯黨人犯。持木棍的高個子用毛巾包裹納塔雷的頭傷，把他扛在肩上帶走。

甫離開營地，就聽到城市另一邊傳出槍聲。是那個瘋子傑克在廣場中央對空掃射，好把黑人引過去，拖延一些時間。

行裝中唯一的消毒劑是治腿傷的磺胺軟膏，爲了塡滿納塔雷頭上的傷口，用掉了整整一條。早上剛派了兩個人去找疏散到山下村落的一位醫生補充藥品。

消息傳出去，老百姓對那晚突襲軍營成功都感到很高興；一天之內游擊隊就募到了不少物資，可以對他的傷口進行消毒，用紗布、膠帶和繃帶包紮。納塔雷眼睛緊閉，嘴巴微張，還是一副半死不活的樣子，也不知道他究竟是在呻吟，還是在打鼾。漸漸的，原先老是血淋淋的傷口開始收口，恢復正常顏色，有感覺，只是每一次頭都像要裂開來，眼中群鴨衝天，教他咬牙呻吟，念念有詞。隔天，身兼廚師、護士和掘墓人的寶林宣布了大好消息：「他罵人了！他快痊癒了！」

罵完人，吃東西的欲望來了；一碗又一碗的蔬菜湯倒進嘴巴裡，狼吞虎嚥，吃得一身都是。然後那張被繃帶、藥膏層層包住的圓臉，露出動物滿足的笑容，嘴裡還咕噥些大家聽不懂的話。

——他說的是什麼話？——站在那裡看熱鬧的人問。——他是哪裡人啊？

——你們問他囉。——以前同房的牢友和值勤兵回答說。——喂，外鄉人，你是從哪裡來的？——納塔雷瞇著眼想了想，呻吟一聲，然後吐出一些支離破碎難解的句子。

——他是變傻了，——領頭的金髮男子問。——還是原來就傻？——其他人也不知道。

——不過，那一棍可打得不輕，——他們說，——就算之前不傻，現在也變傻了。

大臉又圓又扁又黑的納塔雷，許多年前被徵召入伍後，就四處飄蕩。從此與家鄉失去聯絡，因爲他既不會寫字也不識字。曾經他們放他休假，結果他坐錯火車跑到都靈去。九月八日義大利與盟軍簽訂停戰協定後，他人到了杜托，衣衫襤褸，便當盒繫在皮帶上，又繼續流浪。然後就被抓了。再後來有人還他自由，又有人打傷他的頭。不過這一切對他來說沒什麼好奇怪的，就跟他這一生所有的經歷一樣。

世界對他而言是綠色、黃色、噪音、吼叫、挨餓、睡不飽的總和。這樣的世界並不壞，有不少好東西，即使他什麼都不懂，而試圖搞懂的時候頭又會劇痛，腦中轟的一聲群鴨亂飛，棍棒齊下。

金髮男子的部下是城市行動隊的成員，他們就駐紮在市郊外最近的松樹林中，那一區都是早年資產階級來度假的別墅。既然那一帶歸他們所管，游擊隊員便搬離山洞、帳篷，找了幾間政府閣員的別墅住進去，養了一床墊的虱子，床頭櫃則是現成的機關槍架，有酒，有乾糧，有唱機。金髮男子爲人嚴峻，對敵人冷酷，對同伴專橫，不過只要做得到，他也盡量讓大家過點舒服日子。所以，他們辦了幾次同樂會，找來了幾個女孩。

納塔雷也樂在其中。拆了繃帶和藥膏，只剩濃密髮間一道不小的疤痕，和他以爲是萬物在昏睡的恍惚失神。同伴開他各種玩笑他都不生氣，用難懂的方言高聲咒罵完就沒事了。要不他就跟人打架，包括和金髮隊長，每次都輸，他也無所謂。

有一晚，大家決定要開他個玩笑：讓他跟女孩子單獨在一起，看會發生什麼事。結果女孩中瑪格麗特雀屏中選，肉肉的小胖妞皮膚白裡透紅，同意出馬。大家便開始跟納塔雷耳語，讓他以爲瑪格麗特喜歡他。不過納塔雷很謹慎，覺得不大可能。大家把酒拿出來，安排了瑪格麗特坐在他身邊，好挑逗他。納塔雷眼見她頻送秋波，桌下大腿廝磨，更加糊塗了。後來房間裡只剩他們兩個人，大家都躲到門後偷看。他一直傻笑。她則更進一步撩撥他。納塔雷這才發現她虛假的笑容，眼睛一眨一眨。忘記了木棍，忘記了鴨群，忘記了頭上的疤痕，他一把攫住她，丟到床上。現在他全明白了：明白壓在自己下面的那個白裡透紅、軟綿綿的女人要什麼，明白那不是遊戲，而是他和她的事，正如飲食大事。

可是那女人原本水汪汪的眼睛，才一眨眼功夫，變得憤怒、不馴。她的雙臂開始抵抗，在他下面掙扎、尖叫：「救命啊，他欺負我！」大家一擁而入，哄笑，怪叫，潑水到他身上。於是一切恢復原樣，那頭顱深處的痛；而瑪格麗特一面整理胸前的衣服，一面忍不住放聲大笑。眼睛發亮、嘴唇濕潤的瑪格麗特突然尖叫，向大家求救，他不明白。當周圍的同伴對空鳴槍、笑到在床上打滾的時候，納塔雷像個小孩嚎啕哭了起來。

一天早晨，德軍昂然奮起：乘重型武裝卡車來，展開地毯式搜尋。金髮隊長被槍聲驚醒，來不及逃跑，被機槍掃到斃命草地。納塔雷蹲在矮叢中，每聽到有子彈呼嘯而來就一頭栽進土裡，逃過一劫。隊長死後，游擊隊便解散了：有人喪命，有人被抓，有人叛變投靠非洲軍隊，有人繼續在一次又一次的圍捕中流竄，有人則和盜匪聚結避難山上。

納塔雷選擇了後者。山中生活加倍辛苦，從一個山谷移到另一個山谷時，納塔雷像騾子般大包小包扛在身上，輪守衛還兼打雜。跟軍伍生活如出一轍，有好有壞。大家取笑他，嘲弄他，一如軍中伙伴，不過還是有一點不同，他知道頭顱中不再有群鴨振翅飛翔。

當納塔雷看到頭罩防火面具的德軍持著噴火槍，沿葛勒達的大路向兩邊的矮樹叢掃射前進時，他一切都明白了。臥倒在地，手中老式步槍子彈一發接一發，納塔雷知道自己為什麼那麼做。他知道眼前那些人就是當時因為他沒有證件而逮捕他的軍人，是在杜托刻薄他工時的人，是罰他洗廁所的值班中尉，也是入伍前教他鋤地鋤了整整一個星期的主人，休假進城時人行道上伸腳絆他的年輕人，和那次反手打了他一個耳光的父親。還有瑪格麗特，明明對他有意思卻又臨時反悔，不能說是瑪格麗特，而是那讓瑪格麗特反悔的東西：這對他來說比起其他事要更難理解一些，但在那一刻他明白了。納塔雷又想，為什麼那些人要對他開火，對他吼，在他槍下喪命。然後領悟到他們其實就跟他一樣，從小被父親甩耳光，聽主人吩咐鋤地，忍受軍官嘲弄，現在對他洩恨；他們瘋了，找他這個不相干的人洩恨，所以他才開槍，這些人若是都站在他這邊，納塔雷就不會對他們，而會對其他人開槍了，其他人是誰他也不清楚，然後，瑪格麗特就會投入他的懷抱。至於敵人不可能會有這些和那些，好與壞，友善和敵對的區別，還有，爲什麼他是在對的一方，而他們是在錯誤的一方，納塔雷完全不懂：這，正如鴨之飛翔，如此而已。

戰爭結束前幾天，英國人決定空投補給物資。游擊隊往皮耶蒙特區移動，行軍整整兩天，入夜後在草地上點燃營火。結果英國人投下一件件金釦大衣（其時已進入春天），和義大利第一場非洲戰役中被槍決的法西斯黨人。游擊隊模仿土人那樣，把屍首立在營火邊然後轉圈跳舞。納塔雷跟著大家又吼又跳，樂在其中。

# 離鄉背景的愛情

火車沿著海邊的護欄出發，有時，車上載著離家的我。因爲我不想待在那慵懶、放眼望去盡是菜園的家鄉，像山裡的孩子坐在橋上好奇地盯著外地的車牌。我走了，家鄉，再見。

世界上，除了我的家鄉以外，還有其他城市，有的在海邊，有的則不知爲什麼迷失在平原盡頭，在氣喘吁吁的火車走過一村又一村，千迴百折後的那一端。有時，我會選其中一個城市下車，保持一副旅遊新手的樣子，口袋鼓鼓的有報紙，眼睛因爲塵土而朦朧。

入夜後躺在新床上我熄了燈，聽著電車，想起我在家鄉的房間，黑夜中那麼遙遠，兩個如此遙遠的地方同一時間存在，彷彿是不可能的事。然後，搞不清楚身在何方，我沉沉睡去。

早晨的窗外有太多東西待你發掘，如果是熱內亞，有高高低低的路，散落盆地、山上的房子和東奔西竄的風；若是都靈，從陽台倚著欄杆望去，看到筆直無止境的馬路，兩排樹木在天空盡頭漸漸淡去；若是米蘭，背對背的房屋矗立在霧中的草地上。應該還有其他城市，有其他東西待發掘：有一天我會去探訪。

只是每一個城市的房間都一樣，好像房東知道我要來，便一個城市又一個城市輾轉把房間運到。包括大理石床頭櫃上的刮鬍工具都不像是我放的，而是在我到之前就已經等在那裡，一副理所當然，跟我很生疏的樣子。即便我在某個房間裡一住經年，換到其他一模一樣的房間再住多年，仍然不覺得那個房間屬於我，無法留下印記。那是因爲行李不曾打散，隨時可以出發，再說義大利沒有一個城市合我意，哪個城市都找不到工作，任何城市找到的工作皆難教人滿意，總期待著有一天會到另一個更好的城市去工作。所以屜櫃裡的衣物永遠一如剛從行李箱中取出般整齊，頃刻可提箱動身。

日子一天一天過去，房間裡又多了一個女孩。其實可以說自始至終都是同一個女孩，反正女孩們大同小異，都是外人，溝通公式一成不變。要進入狀況，得跟她相處一段時間，協力做一些事，接下來便展開大發現時期，或許是愛情唯一的眞實的高潮期。再相處一段時間，一起做這做那，然後意識到跟其他女孩相比，她也不過如此，包括我也不過如此，大家半斤八兩，於是她的每一個手勢都變得那麼無趣，彷彿在千百面鏡子間重複。女孩，再見。

第一次有女孩來找我，就叫她瑪麗亞蜜蕾拉好了，整個下午我魂不守舍：拿起書來，翻了二十頁把字當成圖畫看；提筆寫字，結果在白紙上塗鴉，而所有塗鴉連起來變成一隻象，我想加些陰影，卻把大象畫成了長毛象。看到這隻長毛象就有氣，一把撕了：怎麼每一次都那麼孩子氣，畫什麼長毛象。

撕了長毛象，門鈴響了：瑪麗亞蜜蕾拉。我得趕在房東由廁所鐵窗探頭大喊前去開門，否則瑪麗亞蜜蕾拉會被嚇跑。

房東有一天會被盜賊勒死：是她命中注定，誰也無能爲力。她以爲有人按鈴時不去開門，從廁所鐵窗縫裡問：是誰呀？即可逃過此劫，其實根本白費功夫，排字工人早已排出標題——女房東阿德萊．布拉蓋蒂遭匿名凶手勒斃！——只等著拼版。

瑪麗亞蜜蕾拉站在暗處，頭戴一頂絨球帽，心撲騰撲騰地跳。我開門，她已經準備好進門後說的話，說什麼都行，只要在我領她通過黑漆漆的走廊到我房間時不至有片刻沉默就好。

還不能太簡短，免得到我房間時沒話說。房間內找不到可供發揮的話題，寒傖得可以：鑄鐵的床頭，小小書架上名不見經傳的書。

——瑪麗亞蜜蕾拉，你來窗邊。

那是一扇窗台高及胸口，但沒有陽台的大窗，踏兩階上去，彷彿無止境的攀升。外面，是泛紅的海。傾圮的城市在腳下，我們眺望著四周無邊無際的屋宇，成片憋不住的煙囪不時冒出縷縷炊煙，高懸在屋簷下明知探不出頭來莫名所以的鐵窗，圈住空地的矮牆。手搭上她的肩，接近膨脹、不屬於我的手，我們的接觸隔著水。

——看夠了嗎？

——看夠了。

——那，下去吧。

下來，關上窗。我們沉入水中，心情複雜摸索著對方。長毛象在房間裡散步，人類古老的恐懼。

——怎樣。

我把她的絨毛帽脫了，扔到床上。

——不要，我要走了。

絨帽又戴回頭上。我抓住她的帽子往空中一拋，然後開始追逐，心不甘情不願地玩著愛情遊戲，相愛，想咬、想抓對方，少不了還有拳頭，捶肩，再來是千篇一律的吻：愛情。

我們面對面坐著抽菸：指間的香菸如此巨大，一如水中物，沉睡海底的錨。爲什麼不覺得快樂？

——你怎麼了？——瑪麗亞蜜蕾拉問。

——長毛象。——我說。

——是什麼？——她說。

——一個符號。——我說。

——什麼的符號？——她說。

——不知道。——我說。——一個符號。

——你知道嗎，——我說。——有一天晚上我跟一個女孩坐在河邊。

——叫什麼？

——河是波河，女孩叫恩莉卡。爲什麼這麼問？

——沒有啊，只是想知道你以前跟誰在一起。

——喔。我們坐在河邊草地上。當時是秋天的晚上，岸邊黑黝黝的，有兩個人影下河划船。城裡盞盞燈光亮起，我們坐在河的另一岸，兩個人是俗稱的情侶，有發掘、尋找對方的衝動，苦澀的滋味，總之，那就是愛情。但我心裡卻有一股悲傷、寂寞。那晚，在河上黑影晃動的岸邊，對新的愛情感到悲傷、寂寞，對逝去的愛情感到悲傷、懷念，對未來的愛情感到悲傷、絕望。唐．喬凡尼❶，悲劇英雄，千古罪孽，在他身上只看到悲傷和寂寞。

——跟我一起，也是這樣嗎？——瑪麗亞蜜蕾拉問。

——不然你來講講看，看你知道什麼好了。

我氣急敗壞地大吼，有時候講話會有回音，教人火大。

——你要我說什麼，我又搞不懂你們男人。

你看：女人對愛情的認知總是歪曲的。看法有千百種，但是非混淆不清。還有，經驗也不怎麼精確。可是，她們寧願相信自己的認知，而非經驗。所以女人的腦袋瓜裡儘是些莫名其妙的東西。

——我其實很希望……，我們女生，——她說。——關於男人，自小從書上看到的，我們之間耳語相傳的，都告訴我們那個是最重要的，是最終目的。然後，我發現根本不會達到那個，眞正的那個。那並不是最重要的。我其實很希望這些都不存在，可以不要去想它。結果呢，又暗自期盼。或許得等自己做了母親，或妓女，才能瞭解這一切的眞義。

多完美。每個人都有自己一套道理。只要你把它挖出來，她就不再是陌生人。我們緊偎蜷臥，像兩條小狗，也像河神。

——或許，——瑪麗亞蜜蕾拉說。——我怕你，可是不知何處藏匿。放眼望去，除了你，只見無垠沙漠。你是熊也是洞穴。所以我現在才會躺在你懷中，因爲你可以保護我，使我免於對你的懼怕。

對女人來說，總是比較容易。她們是生命，是源源不絕的大河，是萬無一失、神祕的大自然。曾經，不論務農的或游牧民族都是母系社會，然後驕傲的雄蜂群起反抗，於是有了文明。我如是想，但並不相信。

——有一次，我對一個女孩提不起性趣，——我說。——我們當時在一處山腰草地上，山是畢紐內山，女孩叫安琪拉·皮亞。偌大的草地，我記得，四周的矮樹叢大概每一片葉子上都有一隻蟋蟀在蹦蹦跳跳。高亢的蟲鳴，此起彼落。她不知道我爲什麼站起來說最後一班纜車快要開了。上下山得搭纜車。經過塔台時，她說：「你吻我的時候我就覺得怪怪的。」這句話，讓我鬆了一口氣。

——你不該跟我說這些，——瑪麗亞蜜蕾拉說。——這一來熊去洞穴空，我只有害怕了。

——瑪麗亞蜜蕾拉，——我說。——我們不應該把思想跟行爲分開。我們這一代的悲哀就在於不能做想做的事，或反過來說，不能思考所做的事。舉個例，好多年前（甚至還爲此塗改了身分證，因爲我年齡不到），我去過妓院找女人。妓院叫卡朗德拉路十五號，那個女的叫德爾娜。

——什麼？

——德爾娜。那是集權時代，唯一的新鮮事就是妓院小姐們的名字。德爾娜、阿杜阿、哈拉、得西耶。

——得西耶？

——也有叫得西耶的，如果我沒記錯的話。要不要以後都叫你得西耶？

——不要。

——好吧，那言歸正傳。當時我還年少，那個德爾娜則碩大多汗毛。我倉皇而逃。一毛錢也沒少付，就逃之夭夭：覺得大家全都從樓梯天井探頭出來笑我。這就算了：我回到家後，那個女人在腦海中揮之不去，這才教人害怕。我渴望她，渴望到魂不守舍……。你看，我們腦袋裡想的跟事實之間的出入。

——其實，——瑪麗亞蜜蕾拉說。——我也想過所有的可能性，在腦中我已活過上百個人生。結婚，兒女成群，墮胎，嫁入豪門，嫁個窮光蛋，成爲名女人，變成流鶯、尼姑、炒栗子小販、名女星、國會議員、紅十字會護士、體操冠軍。衆多人生歷歷在目。每個人生都有快樂的結局。可是那些想像的東西，在眞實人生中從來都不會發生。所以每次我一幻想，就好擔心，努力把那些想法忘掉，因爲凡是我夢想的都不會實現。

她是個可愛的女孩。說瑪麗亞蜜蕾拉可愛，意思是她能理解我說的複雜觀念，並且馬上使其簡單易懂。我想吻她，轉念一想，我可能在吻她的時候腦袋裡想吻的是她的思想，而她會以爲是我的思想在吻她，遂決定什麼都不做。

——瑪麗亞蜜蕾拉，我們這一代必須重新征服外物，——我說。——想什麼，做什麼可不是光說不想喔。想做與做之間不該有任何區別。然後我們才會快樂。

——爲什麼是這樣？——她問。

——並不是大家都這樣。——我說。——我小時候住在一間大別墅裡，欄杆有如海上飛鳥般高。我每天待在那些欄杆後面，寂寞的小孩，每樣東西在我看來都是一個奇怪的符號，高懸在枝梗上的棗椰子間的距離，仙人掌不規則的綠臂，馬路上卵石的不尋常紋路。還有大人，他們負責跟物，跟實物接觸。我只負責發掘新的符號，新的符旨。直到今天，我還在符旨的城堡中摸索，與物隔離，依賴他人，依賴那些掌控事物的「大人」。也有人從小就當黑手，與車床爲伍，除了他做的事以外不可能找到其他符旨。而一台機器在我眼裡可以是一座魔術城堡，齒輪間有好多小人跑來跑去。車床，不知道是什麼東西。你知道車床是什麼嗎，瑪麗亞蜜蕾拉？

——車床啊，現在我也說不上來。——她說。

——車床一定很重要。不應該教大家用武器，而是如何操作車床，它終究是個象徵物，不具明確目標。

——我對車床沒興趣。——她說。

——對你來說並不難：你有縫衣機可以救你，有針，還有什麼，瓦斯爐，打字機。你需要擺脫的神話不多，不像我，萬物皆是符號。不過有一點是肯定的：我們得征服外物。

輕輕地，我撫摸著她。

——那，我也是物嗎？——她說。

——嗯，——我回答。

在她肩上我發現了一個渦，靠近胳肢窩，軟不見骨，像酒渦。我用嘴含著它說：——肩膀像臉。——完全聽不清楚。

——什麼？——她問。其實我講什麼她根本無所謂。

——疾馳如六月。——唇不離渦，我又說。她不知道我在幹嘛，依然笑吟吟的。眞是個可愛的女孩。

——海洋爲家。——然後將唇移向她的耳邊，傾聽回音。只聞呼吸聲，和遙遠、深沉的心跳。

——心悸宛如火車。——我說。

此刻，瑪麗亞蜜蕾拉不再是腦海中虛幻的瑪麗亞蜜蕾拉，而是有血有肉的她：眞實的瑪麗亞蜜蕾拉！我們此刻所作所爲，亦非虛擬境界，而是實際感受：飛過櫛比鱗次的屋宇，一戶戶人家彷彿老家窗前的棕櫚樹排排豎立，一陣巨風將我們頂樓和瓦上的淺褐色草菇捲入空中。

家鄉的大海看到我，高興的像大狗般打滾撒歡。大海，我的巨人朋友，白色的小手撫過卵石，縱身一跳越過堤防扶壁，白腹點點飄落，翻過山丘，然後像隻遮天覆地的大犬踏著白色漩渦飛奔而來。夜蟲噤聲，草原失色，田地、葡萄園皆遭吞噬，這時站出一名農夫，舉起三齒叉橛怒聲一吼：海水頓時被大地吸乾。再見了，大海。

瑪麗亞蜜蕾拉和我一口氣奔下樓，在試圖從我們臉上找出蛛絲馬跡的房東太太由鐵窗探頭之前離開。

❶ Don Giovanni，莫札特所寫的歌劇《唐．喬凡尼》中的主角。此劇係根據唐璜的事蹟改編。傳說中，唐璜是一個難以抗拒的情人，但征服一個又一個女人後又將之拋棄。

# 城裡的風

不知道是什麼。平地上行人一陣上下奔走，唇與鼻孔如魚腮般掀動，還有紛紛閃避的房屋、門窗和最尖銳的街角。那是風，後來我才意識到。

都靈是一個沒有風的城市。道路是一條條空氣凝滯、宛如警笛嗚吟望不見盡頭的運河：玻璃般冰冷或溫軟悶熱的凝滯空氣，唯有在電車轉彎時才略爲流動。有好幾個月我甚至忘記風的存在，只是隱隱覺得需要。

不過只要哪天一陣風從路的盡頭刮起向我迎面撲來，我便憶起我那隨風落腳在海邊的家鄉，山上及山谷的房子，在流竄的風中的滋味，梯街和卵石路，巷弄間仰望多風蔚藍的片片天空。還有我家百葉窗敲打、棕櫚樹對窗嗚咽、我父親在丘陵上呼喊的聲音。

這就是我，風之子，行進中需要摩擦、加速，說話時突然放聲大喊灌進一嘴巴的空氣。當城裡刮起風，如無色火舌由一區延燒至另一區，整個城市像一本在我眼前大開的書，彷彿認識所有的路人，忍不住想跟那些女孩、自行車騎士大聲說「嗨！」，比手劃腳高聲思考。

於是，我在家裡坐立難安。我住在五樓，一間租來的小屋；窗外的窄小街道電車日夜顚顚簸簸，好像會一頭衝進房間；入夜後遙遠的電車尖鳴聽似鴞吟。房東的女兒是個肥胖且神經質的白領階級，有一天她在走道把一盤豌豆往地上一摔然後自己關在房間裡咆哮。

廁所面向中庭，在一條狹廊的底端，近似洞穴，四壁爬滿綠色青苔，濕答答的，說不定哪一天會形成鐘乳石。鐵窗外面的中庭是由老舊的銅綠、那種一碰就會被鐵銹弄髒的陽台欄杆圍就的典型都靈中庭。廁所中的砌石一個疊一個，堆成一座塔：柔軟的青苔壁，沼澤似的地面。

而我想起我那在高處、棕櫚樹間眺望海、與衆不同的家。之所以讓我第一個想起它，是因爲它爲數衆多、千奇百怪的廁所：有的白瓷磚閃閃發亮、有的黑闇靜幽、有的是土耳其式，老式抽水馬桶邊緣還鑲飾著歷史故事。

就這樣邊想邊嗅著風的氣息在城裡瞎逛，我遇到了一個認識的女孩：阿達．伊達。

——我心情很好，有風哎！——我說。

——我不怎麼樣，——她回答道。——陪我走一段。

阿達・伊達是那種一見面就可以跟你敘述她們的一生和想法的女生，即使你們僅止於初相識：沒有祕密的女生，最好別人對她們也毫無保留；她們講起這些祕密稀鬆平常，每天閒聊的語氣，連珠炮似的，彷彿她們腦袋中所想本就由字句串成。

——每次起風我就混身不自在，——她說。——關在家裡，鞋一脫，打著赤腳一個房間一個房間地轉。然後拿起一瓶威士忌，是一個美國人送我的，就開始喝。我一個人從來沒醉過。喝著喝著我就想哭，結果就喝不下去了。我已經找了一個星期了，都找不到工作。

我不知道阿達・伊達爲什麼能像所有那些男男女女，可以跟任何人交心，跟什麼人都有話說，對別人事事關心也讓別人對自己瞭若指掌。我說：——我住的是五樓的一個房間，入夜後電車宛如鴞鳥吟唱。廁所四面綠霉，有苔蘚和鐘乳石，還有一層沼澤上方才有的冬日迷霧。我深信一個人的性情免不了會受到你每天都得面對的廁所影響。下班後回家，發現廁所四面綠霉，有如置身沼澤，忍不住在走道把一盤豌豆往地上一摔然後自己關在房間裡咆哮。

我說得有些凌亂，不完全是心裡想的，阿達・伊達肯定不懂，可是對我來說要把所想轉化爲有聲句，必須攙入一些無意義的空隙，結果聽起來假假的。

——我不會每天打掃我家，可是會每天刷洗浴室，——她說，——我洗地板，擦亮每一件東西。每個星期換洗小窗的窗簾，潔白、繡著花邊，每年都請人來重新粉刷。我總覺得要是有一天我不再刷洗，那會是一間很醜的浴室，而我會自暴自棄終至絕望。那是一間窄小幽暗的浴室，可是我視它如教堂。不知道飛雅特汽車老闆家裡的浴室是什麼樣。來，陪我走一段，到電車那兒。

阿達．伊達的好，在於她接受你說的每一句話，面不改色，你談任何話題她都可以接下去說彷彿原本就是她起的頭。她要我陪她走到電車那兒。

──好吧，我陪你，──我說。──飛雅特老闆讓人造了一間放眼皆是列柱、幃幔、地毯，牆上還嵌有水族箱的豪華浴室。整面整面的鏡子千迴百轉地照映他的身影。高高在上的馬桶有扶手、高背，宛如寶座，甚至還有華蓋覆頂。沖水時有陣陣甜美琴聲伴隨。可是飛雅特老闆大不出來。他覺得自己成爲所有那些地毯和水族箱的附屬品。當他坐在高高在上宛如寶座的馬桶上時，他的身影在整面整面的鏡子之間千迴百轉地出現。他開始懷念兒時家中的廁所，木屑滿地，碎報紙塞在牆隙間。結果飛雅特老闆死了：長達數月上不出大號以後，死於腸發炎。

──結果，死了，──阿達．伊達附和。──就這樣死了。你還知道其他像這一類的故事嗎？我的電車來了。跟我搭一段車，再說一個給我聽。

——搭電車然後到哪裡再講一個？

——電車上啊，好不好？

我們上了車。——我講不出別的故事了，——我說，——因爲我會閃神。在我和其他人之間有一道萬丈深淵，在那裡我挪動雙臂抓不到東西，放聲大喊沒有人聽見：是完全的空。

——要是我，我會唱歌，——阿達・伊達說，——在腦袋裡唱歌。有時候跟人家講話覺得快講不下去了，好像走到了河邊，思緒跑去躲了起來，就在腦袋裡面把最後講的或聽到的話隨意編成歌來唱。至於其他隨著旋律加進來的話，是我心裡的想法，那我就會說出來。

——試試看。

——我會說出來。就像有一次，有個傢伙在街上找我搭訕，以爲我是那種女人。

——你不是要唱歌嗎？

——我在心裡唱，再翻譯給你聽，否則你聽不懂。那一次跟那個男人也是一樣。結果我跟他說我已經三年沒吃糖果了，他就給我買了一袋，害我不知道要跟他說什麼。結結巴巴扯了幾句，帶著那袋糖果落荒而逃。

──要我用講的，我就什麼都說不出來。──我說，──所以我都用寫的。

──學他們嘛。──阿達．伊達指了指公車站旁的那些乞丐。

像個印度城市，都靈到處是乞丐。不過他們在乞討時自有一套營生之道：一人創新，眾人仿效。最近不少乞丐都會用一小截彩色粉筆將自己的身世方方正正地寫在石板路上：辦法不賴，大家會因爲好奇上前去看，然後丟一些里拉。

──對啊，──我說，──或許我也應該把我的故事用粉筆寫在人行道上，坐在旁邊聽大家說些什麼。起碼彼此還有接觸。但也說不定沒人甩你，踏步而過抹去痕跡。

──假如你是乞丐，你會在人行道上寫什麼？──阿達．伊達問。

──我會用正楷寫：我是一個不會說話只能搖筆的人，請大家見諒。有一天一家報紙登了一篇我的稿子。那是一份清晨出刊的報紙，多是上工的工人在買。那天一早我搭上一輛又一輛的電車，看大家讀我寫的文字，試著從他們臉上猜出他們的目光停留在哪一個段落。每篇東西寫完，總有些遺憾，或是擔心被誤解，或是不好意思。那天早晨我在電車上偷瞄大家的臉，等著他們看到那幾行，忍不住眞想說：「等一下，可能我沒有說清楚，我的意思是這樣的，」但結果我一句話也沒說，光臉紅。

此時我們下了車，阿達．伊達換等另一班電車。我已經搞不清楚該坐什麼車，便陪她一起等。

——要是我，——阿達・伊達說，——會用藍色和黃色的粉筆這麼寫：各位，有人覺得人間至樂是讓人尿在自己身上。據說，鄧南遮❶就是其中一個。我相信。這一點你們應該每天反覆思考，想想看我們是同類，所以沒什麼好跩的。還有，我阿姨生了一個人頭貓身的兒子，你們想想看世界上會發生這種事，千萬別忘了。在都靈有人就睡在工廠排氣孔上方的人行道上。我看過。每天晚上，與其禱告，不如好好思考所有這些事情，白天也要記在心裡，這樣，腦袋瓜裡會少一點傻念頭，少一點虛僞。我要嘛就這麼寫。陪我再坐一段車，拜託啦。

不知道爲什麼，我又陪阿達・伊達上了車。電車繞著幾個貧民區走了好久。電車上盡是灰撲撲、皺紋滿臉的人，彷彿同一批工廠製造出來的。

阿達・伊達有觀察癖：——你看，那個男的神經抽搐。你看，那個老女人的眉毛怎麼畫的。

我聽不下去試著制止她。——那又怎樣？那又怎樣？——我說。——只要是眞實的，都是理性的。——其實，我也有點心虛。

我也是眞實的，理性的，我心中竊想，不合時宜、處處設防、企圖改變一切的我。可是要改變一切，得從此時此地做起，從那個神經抽搐的男人、眉毛畫歪的老太婆做起，而不是設起層層保護罩。還有，要從一直教我再陪她一段的阿達．伊達做起。

——我們到了，——阿達．伊達說，我們下了車。——陪我走到那裡，好不好。

——只要是眞實的，都是理性的，阿達．伊達。——我說。——還要換車嗎？

——不了，我就住在那條街的轉角。

我們在城市的盡頭。工廠圍牆後面豎起一簇簇鐵鑄城堡；風將避雷針般高聳煙囱冒出的縷縷白煙打散。岸邊滾著綠草的是朵拉河。

我記得，多年前的一個晚上，我輕咬著一個女孩的臉頰，沿著朵拉河散步。她的柔細長髮偶爾會飄進我的唇間。

——曾經，——我說，——在這裡，我在風中輕咬一個女孩的臉頰。不時得把她的頭髮從嘴裡吐出來。好美的往事。

——喔，——阿達．伊達說，——我到了。

——好美的往事，——我說，——說也說不完。

——我到了，——阿達．伊達說。——他應該已經在家了。

——他是誰？

——他在利輔上班。是個釣魚狂。弄得我家裡到處都是釣魚線和假魚餌。

——凡是眞實的，就是理性的，——我說。——好美的一段往事。告訴我要搭幾路電車回家。

——22，17，16——她說，——每個星期天，我們都會去桑弓內河釣魚。那天，昨天，釣到一條鱒魚，這麼大。

——你在腦袋瓜裡唱歌嗎？

——沒有呀，怎麼了？

——問問而已。你說22，26，13？

——是22，17，16。他想要自己做煎鱒魚。我聞到味道了。是他在煎魚。

——油呢？你們油票換的油夠用嗎？26，17，16。

——我們都跟一個朋友換。22，17。

——22，17，11？

——不是，是8，17，41。

——沒錯：我老忘。一切都是理性的。拜拜，阿達．伊達。

我在風中遊蕩了一個小時以後才到家，沒坐對一班電車，跟所有電車司機研究號碼。

到家時在走廊上發現豌豆和盤子碎片，肥胖的白領階級把自己關在房裡，大呼小叫。

---

❶ Gabriele D'Annunzio，二十世紀初義大利詩人、劇作家、小說家。作品風格大膽，文字技巧精湛，惟常引起爭議。

# 軍隊迷途記

雄壯威武的一營軍隊準備要在城裡舉行校閱。曙光乍現，軍隊已在軍營操場排好檢閱隊形。

日正當中，影子往操場上細直的楊樹腳下縮。在新漆的鋼盔底下，士兵、軍官被蒸出一頭的汗。高高端坐在白馬上的上校做了一個手勢：鼓聲掄起，軍樂奏起，軍營的鐵門緩緩朝鉸鏈另一邊轉去。

面前展開的是城市影像，點綴幾朵白雲的蔚藍天空下，煙囪冉冉釋出一截截的煙，陽台上的繩子滿滿豎著曬衣夾，陽光打在化妝台的鏡子上閃爍反照，紗門鉤住挽著籃子的仕女的耳環，頂著大陽傘的冰淇淋手推車上一方玻璃盒中疊著甜筒，粉紅色紙一圈一圈環成尾巴的風箏在奔跑小孩細繩的拉扯下漸漸由光禿禿的地上飛入天空直往雲朵奔去。

鼓聲響起，軍隊開始移動，在石板路上跟著砲手推迤的韻律大踏步前進；可是眼前的城市如此安靜、親切、對外界不聞不問，每個士兵都覺得自己有點冒失，討人嫌，整齊劃一的隊伍尤其突兀、不協調，顯得多餘。

鼓手皮雷・吉歐・巴塔假裝繼續敲鼓，其實鼓棒僅在鼓皮上輕輕擦過。鼓聲變成了滴滴答答的輕聲細語，不僅他如此，所有鼓手不約而同跟皮雷・吉歐・巴塔做了相同動作。號角也顯得有氣無力，因為沒有人使勁。尷尬地看著四周，士兵和軍官高高舉起的腳緩緩放下，踮起腳尖向前走。

結果長長的隊伍自動放慢了速度，窸窸窣窣躡手躡腳、悶聲踏步。砲手站在萬分不合時宜的大砲旁，突然靦腆起來：有的為了表示不甘己事，避而不看大砲的方向，彷彿從那裡經過純屬巧合；有的則努力往大砲旁邊靠攏，好像想躲開大家嫌惡和指責的眼光；有的甚或用帽子、披肩遮臉，好讓別人看不見或至少不注意自己；還有人故作輕蔑狀，拍拍砲架，摸摸砲尾，嘴角掛著一抹微笑對大砲指指點點：這一切都企圖說明大砲在那裡非為逞凶鬥狠，大家只是把這個龐大、稀有的怪物帶出來溜溜而已。

這五味雜陳的滋味，克雷利歐・雷翁沃米尼上校亦有所感，不自覺地把腦袋壓低與馬頭同高。就連他的座騎腳步也略有遲疑，是訓練有素的動物才有的謹慎。稍一回過神來上校和他的馬便恢復了雄赳赳的步伐。雷翁沃米尼意識到狀況有異，斷然下令道：

進。

——踢正步！

先是一陣震天鼓聲，然後鼓棒起落節奏一致。隊伍迅速成形，自信滿滿地重重踏步前進。

——這才對，——上校偷瞄隊伍。——這才像個行軍的樣子。

紅磚道上有行人停下來觀看遊行隊伍，有些是好奇，有些雖然樂於見到這樣精壯的軍力，可是在心裡又有說不出的、隱隱的不安，只是腦袋裡有太多事情要想，也顧不了什麼軍刀、大砲了。

發覺自己成爲衆人矚目的焦點，士兵又陷入先前難以言喻的侷促感覺中。他們依然抬頭挺胸踏步向前，但心裡免不了懷疑自己是否打擾到了市民。小兵馬拉貢・雷米吉歐怕因爲有人圍觀而分心，眼睛都不敢抬起來：列隊前進時唯一需要擔心的是對齊和左右腳，其他的自有部隊操心。問題是除了馬拉貢以外，另外數百名士兵、軍官、旗手、包括上校，全都盯著地上看，盲目地跟著隊伍前進。於是只見軍隊踢著正步，由軍樂隊領頭，漸漸轉向，離柏油路越來越遠，穿過公園的花壇，毫不猶豫地將毛莨和丁香踩在腳下。

正在修剪草坪的工作人員看到什麼呢？一營閉著眼睛的軍隊朝他們迎面走來，鞋跟狠狠地踩著新綠的草地。手足無措的園丁們不曉得要把灑水管往哪個方向轉才不會讓水噴到他們，結果決定讓水管朝天直立，豈料其中較長的一條水柱從天而降，同樣抬頭挺胸但不敢抬眼的克雷利歐・雷翁沃米尼上校頓時成了落湯雞。

被傾盆大雨嚇了一跳的上校衝口而出：

「水災！水災！迅速展開救援行動。」然後才回過神來，命令隊伍離開公園。

上校有些悵然若失。那句「水災！水災！」洩漏了他的祕密，心底深處的小小期盼：要是突然發生什麼天然災害，不會造成傷亡可是夠危險，取消閱兵，讓軍隊全力投入護民的救災行動，造橋、救人啊，不是很好嗎。唯有如此他才不會覺得良心不安。

從公園出來，軍隊不在預定要閱兵的大馬路上，而是在城市的另一邊，道路蜿蜒狹窄的社區。上校決定不再浪費時間，直接穿過這些小路好趕到校閱廣場。

社區異常忙碌。電氣工人架起長長的便梯修理路燈，把電話線拉上拉下。土木工程部隊的測量人員拿著捲尺和小白球在測量道路。瓦斯工人扛著十字鎬把石板路挖了一個大洞。還有學生排成一列在街上散步。泥水匠凌空拋傳磚頭，「嚇！嚇！」地吆喝著。肩上背著木梯的單車手沿路按鈴呼嘯而過。家家戶戶的女傭都站在窗戶前面擰著水桶裡撈起來的濕抹布，擦拭窗台上方的玻璃。

所以軍隊只得沿著那些彎曲的小路前進，避開糾纏不清的電話線、捲尺、木梯、石板路上的大洞、豐滿的女學生，接住在空中飛舞的磚頭：「嚇！嚇！」，閃躲激動的女傭從五樓失手掉下來的濕抹布和水桶。

克雷利歐．雷翁沃米尼上校不得不承認自己迷了路。坐在馬上低下身來問路人：

——對不起，到主廣場最近的路是哪一條？

矮小、戴副眼鏡的路人遲疑了一會：

——有點複雜，不如我帶你們穿過一個中庭到另一條路，這樣你們至少可以節省十五分鐘的路程。

——可是我們整營有辦法都穿過這個中庭嗎？

矮個子瞄了軍隊一眼，一副天曉得的表情：

——可以試試看。——便領他們走進一扇大門。

整棟建物的所有住戶都倚在陽台生鏽的欄杆上，探頭觀望試著要連人帶馬加大砲都擠進中庭的軍隊。

——出口的大門在哪裡？——上校問那個矮子。

——大門？——矮個子說。——我大概沒解釋清楚。要先爬到頂樓，那裡跟隔壁大樓的樓梯相通，而那邊的大門就正好面向另一條路。

上校一開始還堅持騎馬爬那狹窄的樓梯，等走完兩層樓便決定放棄，將馬綁在扶手上自己徒步前進。至於大砲，他們決定留在中庭，有一個修鞋匠自告奮勇負責看管。士兵魚貫上樓，每一層樓都會有小孩打開門大喊：

──媽！快來看。有士兵！有軍隊在遊街！

到了六樓，要從主要樓梯接到通往屋頂的防火樓梯得經過幾個陽台。每一扇落地窗裡面都是一貧如洗的房間，地上舖著草褥，是子女眾多的家庭棲身之所。

──進來，進來呀。一所有爸爸媽媽都這麼跟士兵說。──休息一下，你們一定累了！從這裡走比較近！不過槍最好留在外面，家裡有小孩，不好意思……

結果軍團四散在中庭，或在街頭。混亂中，帶路的小個子不知去向。

夜幕低垂，整個軍團還繼續在樓梯和陽台間穿梭。屋簷上蜷坐著克雷利歐・雷翁沃米尼上校。居高臨下看著腳邊一望無際的寧靜城市，道路如棋盤羅布，偌大的廣場空無一物。跟他在一起，趴在屋瓦上的有一班士兵，裝備有五彩旗、信號槍和信號旗。

──打信號。──上校說。──快打信號：無法通行……前進遇到阻礙……等候指令……。

# 敵人的眼睛

彼得那天早上走在路上，覺得毛毛的。這種感覺跟著他已經有一陣子了，說不出是什麼：是那種有人在背後，盯著自己，可是你看不見他的感覺。

他猛然轉頭，那是一條僻靜的小路，鐵門上爬藤覆蓋，木柵欄上貼著破破爛爛的海報。罕有人跡，彼得為自己衝動轉頭這個傻動作感到懊惱，繼續前進，重拾中斷的思緒。

秋天的早晨陽光濛濛，不會讓人特別放鬆，但也不至於教人情緒緊繃。只是，那不自在的感覺緊迫釘人，有時候好像盯著他後頸，或肩膀，彷彿一雙眼睛如影隨形跟著他，某樣討厭的東西時時逼近他。

為緩和緊張氣氛，他覺得有必要到人多的地方去：朝另一條比較熱鬧的街道走去時，於轉角處再一次停下來回頭看。有人騎單車經過，一個女子在過馬路，就是找不出自己的焦慮和週遭人事物之間的關係。回頭的時候，他的目光跟另外一個恰好也在那瞬間回頭的行人交會。兩個人馬上眼神移轉假裝找的是別人。彼得想：「或許是因爲他感覺到我在看他，也或許今天早上我不是唯一一個神經過敏的人；大概是天氣的緣故吧，讓人神經兮兮的。」

走在車水馬龍的街道上，這個想法還縈繞在腦中，彼得又察覺其他人的一些小動作，像舉手遮面彷彿想擋住什麼，或突然擔心、想起惱人的事而眉頭深鎖。「今天是什麼鬼日子！」彼得又重複一遍。「什麼鬼日子！」在電車站跺著腳，發現其他跟他一起等車的人也都跺著腳，抬頭望著電車路線牌尋找著牌子上沒有的字。

車掌因爲找錯錢氣呼呼的；司機衝著行人和單車騎士歇斯底里猛按喇叭；乘客像海上的難民緊緊抓著指間的車環。

彼得認出克拉多碩大的身影坐在那裡，沒看到自己；克拉多專注地盯著車窗外，用指甲搔著臉。

——克拉多！——俯身叫他。

克拉多一震。——呵，是你！我沒看到你。剛好在想事情。

——我看你有點緊張，——彼得說，然後意識到克拉多並不想讓人察覺他的心事，又補了一句：——我今天也覺得神經緊繃。

分心。

——誰又不是呢？——克拉多說，臉上閃過一抹堅毅、嘲弄的笑容，不容其他人懷疑或

——你知道我有什麼感覺嗎？——彼得說。——我老覺得有一雙眼睛盯著我。

——怎樣的眼睛？

——我先前見過、可是記不起來的某個人的眼睛。冰冷、敵視……

——根本不把你瞧在眼裡，可是教你全身不自在的眼睛？

——對……像……

——像德國人的眼睛？——克拉多說。

——沒錯，就像德國人的眼睛。

——這也難怪，——克拉多翻開手上的報紙。——你看這些消息……——指著報紙標題：德軍元帥凱塞林❶大赦獲釋……納粹精銳部隊集結……美國資助新納粹……。——這就是我們覺得不對勁的地方。

——這……你認為是因為這些嗎……那為什麼我們現在才有感覺……？凱塞林、納粹精銳部隊又不是現在才有，一、兩年前就有啦……或許那時候他們關在牢裡，但我們始終知道他們在那裡，從來沒有忘記過……。

——那眼睛，——克拉多說。——你說覺得有眼睛虎視眈眈。在這之前，他們沒有顯露半點痕跡，壓低視線，於是我們降低了戒心……反正他們已經不再是敵人，我們痛恨的是當年的敵人，而非今日的他們。但是如今那雙眼睛再露凶光……八年前與我們相對峙的眼睛……。所以我們就又記起來了，重新意識到那亦步亦趨的眼睛……。

對那段日子，彼得和克拉多有不少共同的回憶。大多心酸，不堪回首。

彼得的弟弟死在集中營裡。彼得現在跟母親一起住在老家。他晚上回到家，鐵門照舊吱嘎作響，腳下的卵石窸窸窣窣一如豎起耳朵傾聽每一個腳步聲的當年。

那天晚上到家裡來的德國人此刻會在哪裡呢？或許正走在盛產煤礦、遍地廢墟的德國，運河邊、亮起燈的低矮民宅旁的橋上；一身平民打扮，黑色大衣扣子密密扣到脖子，綠色帽子，戴著眼鏡，在看，在看他——彼得。

門開了。——是你呀！——母親的聲音說。——你可終於回來了！

——你知道我都是這個時候回來的呀。——彼得說。

——我知道，可是我急啊，——她說。——我今天一整天心裡七上八下的……不知道為什麼……這些新聞……這些重新握有兵權的將軍……還說是他們有理……。

——原來你也一樣！——彼得說。——你知道克拉多怎麼說嗎？我們大家都覺得被那些德國人的眼睛盯著看……所以才會那麼緊張……。——說完一笑，彷彿那是克拉多一個人的想法。

可是他母親用手遮住臉。——彼得，你說，又要打仗了嗎？他們會再回來？

「唉，——彼得想，——直到昨天，不管大家怎麼說有可能爆發新的戰事，我們心裡都沒有具體的概念，因爲之前的敵人面目清楚，至於接下來這個就難想像了。結果還是我們熟悉的，敵人的面目依舊，還是他們。」

晚飯後彼得準備出門；外頭下著雨。

——彼得你說，——母親問。

——什麼事？

——這個時候還要出去……

——怎麼啦？

——沒事……不要太晚回來……。

——媽，我不是小孩了……。

——好……再見……。

母親關上門，聽著卵石上的腳步聲和鐵門拉上的聲音。豎耳傾聽雨滴落地。德國如此遙遠，在阿爾卑斯山的另一邊。或許那裡也在下雨。凱塞林的座車經過，泥漿四濺；納粹把她正要去開會的兒子帶走那天，他身上穿了一件黑色的亮面風衣，老式的軍用風衣。今天這麼焦慮好傻，明天亦然，或許一年後再焦慮都還嫌早。不知道不用焦慮的日子能維持到何時；戰爭期間也有過無須焦慮的夜晚，只是第二天晚上又開始提心吊膽。

她一個人，外面是雨聲。越過下雨的歐洲，古老的敵人的眼睛穿過黑夜，找到了她。

「我看到他們的眼睛了，」──母親想，──他們遲早會看到我們的。」她動也不動，在黑暗中發呆。

❶ Albert Kesserling，德國空軍和陸軍軍官，曾支持納粹重整軍備的政策。一九四一年底前往義大利──地中海戰區指揮空軍。一九四七年英國指控他曾於羅馬南方一洞穴內殺害三百多名義大利人質，被判終身監禁。但於一九五二年獲釋。後於一九六〇年逝於西德。

# 圖書館裡的將軍

有一天，泱泱大國龐度利亞軍中的高級將領起了疑竇：他們懷疑書本中有不利於軍隊威望的言論。事實上，調查和審理的結果，認爲將軍也會犯錯、製造事端，還有戰爭跟騎馬往命運的榮耀時刻飛馳而去絕對是兩回事的看法確已普遍出現在當代、古代、龐度利亞國內外的書籍當中。

龐度利亞參謀總部開會決定針對此一現象加以釐清。可是他們不知道從何著手，因爲圖書方面大家都不在行。於是組成一個調查委員會，由嚴謹聞名的斐迪納將軍擔任主席。這個委員會將就國內規模最大的圖書館內的所有藏書進行地毯式檢查。

圖書館所在、古色古香的宮殿裡有層層疊疊的樓梯與列柱，殘毀斑駁，搖搖欲墜。寒氣逼人的一間間大廳裡堆滿了書，包括只有老鼠到得了的最隱蔽的角落也不例外。龐度利亞的國家預算因龐大的軍事開銷已經鬧窮，這次無法提供任何經費補助。

軍隊在十一月一個飄雨的早晨進駐圖書館。將軍下了馬，矮胖，昂首挺胸，肥厚的後頸刮得青亮，夾鼻眼鏡上方的眉毛揪在一起；從車上下來了四個瘦高個兒的中尉，下巴抬得高高的，眼皮卻壓得低低的，每個人手上都拿了一個牌子。然後來了一隊士兵在古老的中庭裡排排站好，還有騾子、一捆捆的乾草、帳棚、鍋碗瓢盆、戰地用無線電和信號旗。

所有出入口都安排了崗哨，立起「內部整修，期間禁止進入」的牌子。這是權宜之計，希望調查工作能在神不知鬼不覺的情況下完成。因爲怕凍僵，穿得密不透風，圍巾、登山帽一應俱全，習慣每天一大早到圖書館來的學者全被擋了回去。措手不及的他們議論紛紛：——圖書館怎麼會內部整修呢？該不會把書弄亂吧？這些馬隊要幹什麼？難道還得溜馬？

圖書館原來的工作人員只留了一位老先生克利斯皮諾，好跟軍官們解釋書的排放方式。老先生小個子，頭上寸髮不生，小如針頭的眼睛躲在眼鏡後面。

斐迪納將軍首先處理的是食衣住行的部分，因爲下達的命令是在調查工作結束之前委員會不得離開圖書館；這個工作需要全神貫注，不可分心。所以帶了乾糧，蓋了洗澡間，準備了柴薪——其中夾雜了一些公認無趣的舊雜誌在內。圖書館從來沒有在那樣的季節如此熱絡過。安全的地方，在捕鼠器的包圍下，架起了將軍和其他軍官睡覺的行軍床。

然後開始分配工作。每一個中尉都分到了某些學科和特定的年代。將軍負責檢查書籍的分類然後依其種類蓋上適合軍官、士官、士兵閱讀，或須提報軍事法庭的不同印章。

委員會正式起跑。每天晚上斐迪納將軍透過戰地無線電向上級匯報。「審查完畢書籍共計數冊。遭扣押可疑書籍共計數冊。適合軍官及士兵閱讀書籍共計數冊。」除了那些冷冰冰的數字外，偶爾會有一些出人意表的報告內容：要求配一副老花眼鏡，因爲某個中尉的眼鏡壞了，或是有騾子把一部沒人看管的西塞羅珍貴手稿給吃了。

其實大事正不妙，這一點無線電中並沒有報告。滿坑滿谷的書不但不見減少，反而越來越雜亂、陷阱重重。要不是有克利斯皮諾先生幫忙，那些軍官肯定一頭霧水。舉個例子，阿伯卡提中尉突然站起身來把他正在看的書往桌上一扔：——眞是胡說八道！這本書談到布匿戰爭❶居然站在迦太基人那邊，說羅馬人的不是！一定要報告上去！——（得附帶說明的是龐度利亞人，且不論對錯，自認爲是羅馬人的後裔。）踩著毛絨拖鞋，無聲無息走過來的是老圖書管理員克利斯皮諾。——這還不算什麼，——他說。——你看看這本是怎麼寫羅馬人的，這本也要列入黑名單，還有這本、這本。——遞給他一落書。中尉開始翻閱，有些不安，然後越看越有興趣，乾脆作起筆記。抓著腦袋嘟嘟囔囔地說：——見鬼了！學到不少東西耶！作夢都沒想到！——克利斯皮諾又往氣沖沖闔上一本大部頭書的雷科提中尉那裡走去：——這寫的什麼東西！居然敢懷疑十字軍的動機純正與否！十字軍耶！——克利斯皮諾笑嘻嘻地說：——關於這個議題您要是想研究的話，我還可以建議您另外幾本書，有更詳細的資料。——然後抱了接近半個書架的書來給他。雷科提中尉埋頭苦幹，整整一個星期只聽翻書聲和他喃喃自語道：——好個精打細算的十字軍！

晚上的匯報內容裡，審查完畢的書本數量不斷增加，至於通過和不通過的數據卻隻字不提。費迪納將軍的印章變得無用武之地。爲瞭解那些中尉的工作進度，詢問道：——爲什麼讓這本小說通過？這對軍隊是個壞榜樣！這個作者不尊重階級！——中尉就引經據典，搬出其他作者，或歷史、哲學、經濟依據來解釋。結果越扯越遠，討論幾個小時還欲罷不能。一身灰色襯衫來去無蹤的克利斯皮諾總是踩著毛絨拖鞋靜悄悄地適時出現，拿出一本他認爲能進一步提供討論話題相關資料的書，每每推翻斐迪納將軍的立論。

士兵無事可做，窮極無聊。之中教育程度最高的巴拉巴索跟軍官要書來看。他們原本想從少數通過審查的書中挑一本給他，可是想到無計其數待審的書，還有將軍會覺得巴拉巴索看書的時間是一種浪費，遂給了他一本未經審核的書，是克利斯皮諾建議的一本很容易看的小說。等看完之後，巴拉巴索得向將軍報告內容。其他士兵也都跟進。湯瑪索內唸書給不識字的同屋士兵聽，後者再發表感想。於是士兵也加入討論的陣容。

委員會後續工作進行如何所知不多：漫漫冬日，圖書館裡發生了什麼事無人知曉。龐度利亞參謀總部先是久久才收到一次斐迪納將軍無線電報告，最後竟無疾而終。最高當局開始緊張了：下令儘快結束調查工作並呈交一份完整報告。

命令傳來時，斐迪納和他的手下心中矛盾不已：一方面他們每一刻都在吸收新知，出乎意料地在閱讀和書本之中找到樂趣；另一方面他們也渴望回到人群中間，重新與如今看起來全然不同、更爲複雜的世界有所接觸；只是距離開圖書館的日子越近他們就越感焦慮，因爲他們清楚知道自己的任務，而在腦袋裡翻騰起伏的想法卻再也擺脫不掉了。

看著玻璃窗外夕陽映照下的新綠枝枒，看著城裡萬家燈火，有人高聲吟詩。斐迪納沒有跟大家在一起：他下令不許任何人打擾，因爲得準備報告。但不時會聽到搖鈴和他喊：——克利斯皮諾！克利斯皮諾！——的聲音。沒有老圖書管理員的協助他就寫不下去，最後他們乾脆一起坐下來寫報告。

一個萬里晴空的早晨，委員會終於離開圖書館出發去向最高當局報告；斐迪納向全體到齊的參謀總部說明調查結果。報告內容是從人類歷史起源開始一直到今天的一個總整理，龐度利亞有錢人認爲理所當然的想法受到了批判，領導階級要爲國家頹勢負責，熱血沸騰的老百姓則是戰爭中英勇的受難者和錯誤政策下的犧牲品。表達有點混亂，就如剛剛接受新觀點的人會有太過簡化或矛盾的斷論。不過整體的意思再清楚不過。龐度利亞的諸位將軍臉色蒼白，目瞪口呆，破口大罵。有人說要革職，有人說要送軍法審判。最後，擔心事情鬧大，以健康爲由強迫費迪納和那四名中尉退休，說是「服役期間心神操勞過度」。後來有人看見他們平民打扮，因爲怕凍僵，穿得密不透風地到圖書館去，在那裡等著他們的是克利斯皮諾，還有他的書。

❶ guerre puniche，古羅馬與迦太基之間的三次大衝突，時間約在公元前二六四至前一四六年之間，打打停停。幾次戰爭決定了地中海的霸權歸誰。

# 女王的項鍊

彼得和湯瑪索一天到晚鬥嘴。

他們老爺腳踏車的嘰吱嘎拉，彼得濃厚的鼻音，湯瑪索高亢偶爾沙啞的嗓音是清晨空蕩街道上唯一的聲響。他們一起去工廠上工。百葉窗後的室內還籠罩在黑暗和謐靜中。隨著鬧鐘低沉鈴聲響起，這才聽見零星的對話此起彼落，從郊區開始，然後蔓延到城市，漸漸人聲沸騰起來。

他們對這晨音的甦醒充耳不聞，因爲這兩個人正在大聲討論事情：兩人耳朵都不好，彼得耳背好幾年了，湯瑪索則是從第一次世界大戰之後就有耳鳴的毛病。

——事情就是這樣，老哥，——六十出頭、身材魁梧的彼得顫巍巍地騎在他那快散了的腳踏車上，低頭跟比自己大五歲可是矮小、已經有點駝背的湯瑪索高聲吼：——你怎麼這麼沒有信心，老哥。我也知道今天這個局勢，生孩子等於是多一個人挨餓，可是明天的事我們誰也不知道，說不定情勢一變，孩子越多就越富裕。我是這麼看事情的。

湯瑪索看都不看彼得，摳了摳眼屎，扯著不時會失聲的尖銳嗓子說：——對！對！所有準備結婚的工人都應該要知道：他是給這個世界帶來貧窮和失業的罪魁禍首！生小孩！生什麼小孩！我還是這麼認爲！

那天早晨的話題談的是一個很全面性的問題：人口增加對勞工是好是壞。彼得態度樂觀，湯瑪索則很悲觀。意見相左的背後牽涉的是彼得兒子和湯瑪索女兒的婚事。彼得贊成而湯瑪索反對。

——再說，他們兩個又還沒生小孩！——彼得突然激動起來。——八百年以後的事！緊張個什麼勁！我們要談的是他們兩個訂親，不是生小孩的事！

湯瑪索吼回去：——結了婚就要生啊！

——那是你們鄉下老家！——彼得又頂了回去。差一點輪子卡到電車軌道。罵了一句髒話。

——什麼……？——騎在他前面的湯瑪索問。

彼得搖搖頭沒說話。兩個人就這麼不作聲走了一段。

——當然嘍，——彼得在心裡大聲說：——萬一懷了，就生嘛！

城市被拋在腦後；現在他們走在雜草堆中一條隆起的小路上。薄霧還未散盡，工廠矗立在遠方微灰的天色中。

後面傳來隆隆的引擎聲，他們才剛閃到路邊，一輛豪華房車就欺身而過。

道路並未鋪柏油，汽車揚起的塵土將他們兩個圍住，厚厚的雲團中傳出湯瑪索的聲音：——這當中的利害其實事關……咳，咳，咳！……——被灰塵嗆到的他咳個不止，舉起短短的手臂指向汽車，不言而喻，事關雇主階級。彼得滿臉通紅，邊咳邊說：——咳……不……咳……再……——誇張的手勢指著汽車表示未來不會在少數人手中。

汽車馳騁而去，突然車門打開。一隻手一推，車門猛然打開，一個女人的身影幾乎彈出車外。開車的人趕忙煞車，女人跳下來，彼得和湯瑪索看著她在晨霧中穿過馬路撒腿就跑。一頭金髮，黑色長洋裝，還有綴著皮草流蘇的藍狐披風。

一個身穿風衣的男人下了車，高聲喊著：——你瘋啦！你神經病！——女人已經奔入路邊的矮樹叢裡，男人緊追在後，兩人一起消失不見。

路旁的草地灌木密佈，他們就看著那個女人時顯時隱，敏捷地在露水間碎步小跑。她一隻手拉著裙子，一面甩著肩膀擺脫不時勾住藍狐流蘇的樹枝。或者應該說，她故意勾住樹枝好讓它彈向後面追得不太認眞、速度不怎麼快的男人。女人在草地上狂奔，尖聲大笑，任由枝頭的殘霜落在髮上。始終安步當車的男人不再跟在她後面，直接截斷她的路抓住她的手臂；結果又給她溜掉，還被咬了一口。

馬路上的彼得和湯瑪索觀賞這齣鬧劇還不忘繼續踩腳踏車，注意前面的路，一聲不吭，皺著眉頭，張著嘴巴，狐疑多過於好奇。就快要靠近停在路中央、門戶大開的轎車時，穿大衣的男人拉著像小女孩般哭鬧的女人回來了。車門一關重新出發；車後的兩個又灰頭土臉。

——我們呢，是一天剛開始，——湯瑪索微微咳了一聲。——醉鬼的一天卻剛結束。

——客觀來說，——老朋友明白他的意思，停下來回頭看了一看。——他可沒醉。你看他多穩。

低頭研究車輪留下的痕跡。——欸……怎麼會……開這種車……——湯瑪索回答道。——我敢保證！你不知道這種車要是攔住你……。

話還沒說完，兩個人在地上搜巡的目光都停留在路旁草叢裡。灌木叢間有東西在閃爍。兩人異口同聲：噫。

下了車，把腳踏車靠在護欄上。——母雞下蛋了。——彼得說完，出人意表身手矯捷地一躍而下。灌木上掛著一串四排的珍珠項鍊。

他們兩個人像摘花那樣小心翼翼地將項鍊捧在手裡，從樹枝上取下。指腹輕輕捏著粒粒珍珠，兩雙眼睛湊近去看。

然後，爲了擺脫項鍊造成的自卑感，齊齊將手垂下，可是誰也沒有把項鍊放掉。彼得想打破僵局，吸了一口氣，開口說：——你看到沒有，現在流行的是什麼……

——是假的！——湯瑪索突然在他耳邊大喊，好像憋在心裡受不了了，或者根本早在他看到項鍊時就想這麼說了，只是在等老友開個頭好再進一步強調。

彼得握著項鍊的手又舉了起來，連帶把湯瑪索的手也拉了起來。——你知道什麼？

——我知道你得相信我跟你說的：眞的珠寶他們都鎖在保險箱裡面。

生滿老繭、皺紋的大手撫過項鍊，手指在一排排串線中遊走，指甲划過每一粒珠子間的縫隙。像蜘蛛網上的露珠，像冬日的晨光，珍珠透出隱隱的光，無意炫耀自己的存在。

——是眞是假……——彼得說——你知道嗎，我……——故意欲言又止，讓老友難過。

原本希望自己先說的湯瑪索察覺到被人捷足先登了，企圖扳回一城，遂擺出一副胸有成竹的姿態。

——呵，我是對你感到抱歉，——語氣十分挑釁。——不過我一定……

很明顯的他們看法一致，卻互相敵視。兩個人彷彿比快，同時吼出：——還給人家！

——彼得像宣判裁決那樣莊嚴地抬起下巴，湯瑪索則滿臉通紅，瞪大了眼睛，好像就爲了能早一步說出來用盡了全身力氣。

話說出口兩個人既亢奮又驕傲，交換了一個欣慰的眼神，彷彿鬆了一口氣。

——絕不能髒了我們的手！——湯瑪索大喊。

——對，——彼得笑了。——告訴他們什麼叫做尊嚴！

——我們，——湯瑪索宣佈：——不吃嗟來食！

——我們雖然窮，——彼得說。——可是比他們有骨氣！

——你知道我們怎麼做嗎？——湯瑪索靈光一閃，因爲講贏彼得雀躍不已。——我們也不要賞金！

又回頭看著項鍊，還在那裡，掛在他們手上。

——你有沒有記車牌？——彼得問。

——沒有啊，幹嘛？你記啦？

——誰會想到？

——那，怎麼辦？

——唉，一團糟。

猶如心裡突然燃起一股厭惡感，兩人同聲說：——失物招領處，我們可以送去那裡。

天色漸亮，工廠不再只是朦朧的黑影，透出不眞實的粉紅色。

——幾點了？——彼得問。——我們打卡要遲到了。

——今天就讓他們罰錢吧。——湯瑪索說。——反正又不是第一次：他們吃喝玩樂，我們拼死拼活！

兩人手上的珠鍊彷彿手銬，將他們像犯人一樣銬在一起。珍珠捧在雙雙高舉的手中，好像在跟對方說：「就交給你保管吧」。可是沒人說出口；他們其實對彼此有絕對的信任，只是鬥嘴鬥了那麼多年，不習慣讓對方占一點便宜。

時間不能再耽誤了，可是問題還沒解決：在物歸原主或作出任何決定之前，誰負責保管項鍊呢？兩個人悶不吭聲呆立原處，盯著項鍊看，好像項鍊會告訴他們答案。果不其然：固定四串珍珠的扣環不知是在拉扯間還是掉落的時候弄壞了，輕輕一扭就應聲而斷。

彼得兩串，湯瑪索兩串，其實不管是怎樣的決定他們兩個都不會有異議的。將珠鍊捲成一團，貼身藏好，騎上腳踏車，不說話，不看對方，蹬著吱嘎作響的腳踏車重新往艷陽下爲白雲和黑煙籠罩的工廠出發。

兩人剛走遠，從路旁巨幅廣告招牌後面閃出一個人影。瘦長、衣衫襤褸，遠遠窺探好一會兒了。他是菲歐倫佐，失業，成天就在郊區的垃圾堆中翻翻撿撿。這種人，好比一種根深柢固、糾纏不清的職業病，永遠懷抱找到寶物的希望。那天在他進行例行的晨間巡邏時，看到揚長而去的汽車，還有衝下斜坡撿起項鍊的兩個人。立刻意識到自己錯過了一個人一生中絕無僅有的機會，僅僅數秒之差。

史塔納先生會接見的工廠勞工代表團中，湯瑪索也是成員之一。耳背、臭脾氣、古板、愛抬槓，反正毛病一大堆：可是廠內代表選舉時湯瑪索每次都會當選。他是廠裡最資深的員工之一，沒有人不認識他，等於是金字招牌；儘管代表團裡面早有人認爲應該另外找一個更善於言辭、頭腦更清楚且更有衝勁的人來取代他，然而大家還是尊敬湯瑪索的德高望重，不厭其煩地在他耳朵邊複誦交涉過程中較重要的內容。

前一天湯瑪索住在鄉下、偶爾會來探望他的姊姊帶了一隻兔子來，說是他的生日禮物，而他生日是一個月以前的事了。兔子當然已經死了，得立刻下鍋。若是能等到週末，全家圍坐一桌時再吃是最好了，可是兔子可能會變味，所以湯瑪索的女兒就煮了一鍋燉兔肉，他的那份夾在一條長麵包裡帶到工廠來了。

不管主菜是什麼：肉丸、鱈魚、炒蛋，湯瑪索（太太已過世）的女兒都會切開一條長麵包然後把菜夾進去；他把麵包放進公事包中，然後把公事包吊在腳踏車把手上，清早出發去上工。只不過，原本多少可以安撫混亂思緒的兔肉麵包他連放進嘴巴的機會都沒有。錯就錯在，換衣服的時候不知道要把項鍊往哪裡放，結果順手塞進了麵包中間的兔肉裡。

十一點的時候有人通知他，還有方廷諾、克李斯庫羅、札波、歐提卡及所有其他人，說史塔納先生同意會面，正在等他們。趕緊整理儀容，七手八腳換衣服，坐電梯上樓。到了六樓，等了又等：午休用餐時間到了，史塔納還沒有接見他們。總算金髮、窈窕、但臉蛋像自行車比賽冠軍般僵硬的女秘書出現說史塔納先生現在沒空，請大家各自先回去，等他一有時間會再派人叫他們來。

員工餐廳裡面大家都屏氣凝神等他們回來：──怎麼樣了？──在餐廳裡是不准討論工會事宜的。──還沒，我們下午再去。──上工時間已經到了，代表團的人卻剛剛才坐下來，狼吞虎嚥，因爲遲到每一分鐘都會被登記。──那明天的事到底怎麼樣？──大家在離開餐廳的時候問。──我們一談完，就會跟你們說，再一起決定怎麼做。

湯瑪索從公事包裡拿出一棵水煮花椰菜，一支叉子，一小瓶橄欖油，倒了一點油在鋁盤上，吃起花椰菜，一手不時摸著外套口袋裡鼓鼓夾著兔肉和珍珠的麵包。有其他人在場，沒辦法拿出來。佳餚當前卻無法享用，他在心裡咒罵那串珠鍊害他只能吃花椰菜果腹，害他對同伴疑神疑鬼，那一刻，那個祕密實在是個燙手山芋。

猛地一抬頭，看到餐桌對面站著想趁上工前跟他打個招呼的彼得。魁梧、嘴裡叼根牙籤，就站在他面前，誇張地跟他眨了一下眼睛。看到彼得吃飽喝足，無憂無慮的樣子——至少表面上看起來——，而自己食不知味嚼著花椰菜，就一肚子火，氣到桌上的鋁盤像鬼怪電影裡面那樣抖了起來。彼得聳聳肩膀就走開了。餐廳裡僅剩的幾個人都匆匆離去，湯瑪索油晃晃的嘴還含著一小瓶酒也快步離開。

丹麥大犬走進廠長會客室的時候，大家的反應不一（都以爲史塔納先生終於現身，全體轉過頭去），有人高興有人厭惡。高興，是因爲跟那隻狗有同病相憐的感覺，原本無拘無束而今淪爲階下囚，爲人使喚；厭惡，是覺得那隻狗不過是資產階級的幫兇、工具或豢養的寵物，作爲炫耀之用。他們看知識份子也有同樣背道而馳的想法。

丹麥犬的態度反倒十分冷漠，不管是說：——好狗！過來！握個手！——還是說：——走開！——牠都抬著鼻頭無動於衷，然後韻律一致、緩緩地搖著尾巴在大家身邊穿梭。丹麥犬對一進來就埋首廣告雜誌，在對狗的品種牙齒毛色仔細打量過後便侃侃而談的鬈髮、一臉雀斑的萬事通歐提卡，以及下巴刮得青亮、目光茫然、嘴裡含著擰熄的菸，用腳把牠撥開的克李斯庫羅都視而不見；覺得受到近似外交豁免權保護的方廷諾則從口袋裡掏出一捲皺兮兮、在廠裡面禁看的報紙，乾脆趁機看了起來，否則晚上回到家就愛睏，當向來不輕易示弱的他看到肩膀後面探出紅色眼睛閃閃發光的一張狗臉時，直覺動作是報紙一折把臉遮住。丹麥犬走到湯瑪索前面停了下來，一屁股坐下豎起耳朵，鼻子抬得老高。

湯瑪索不是那種會跟人或動物嬉鬧的人，可是身處在一個威權的環境中，基於某種自卑心理，他覺得有必要對那隻狗示好，像用舌頭發出聲音，或輕輕吹聲口哨，不過因爲他耳背，結果十分刺耳。總之，他企圖重新建立起小時候在鄉下，那些溫馴、大耳的獵狗或長毛、狂吠不已但敢叫不敢咬人的狗跟人之間那種自發的信任關係。只是他的狗和眼前毛色光亮、氣宇軒昂的這一隻之間的社會地位之懸殊實在太顯眼了，不禁有些氣短。他雙手擺在膝蓋上，頭往旁邊一撇一撇，張著嘴，彷彿無聲的叫喚，請牠快點走開，不要擋在那裡。可是丹麥犬還是一動不動坐在他前面，呼吸越來越急促，最後把鼻子湊近老先生的外套。

——原來你在廠長辦公室有認識的朋友啊，湯瑪索，怎麼從來沒聽你說過。——大家開他玩笑。

湯瑪索臉都變了，那一刻他才想到是燉兔肉的香味吸引了狗的注意力。

丹麥犬採取行動。前腳搭上湯瑪索的胸部，差點害他連人帶椅翻過去，在他臉上一舔留下黏糊糊的口水，老先生爲了打發牠走，做了一個丟石頭的動作，先瞄準然後拋出去，可是丹麥犬不知道是看不懂還是不上當，完全沒有離開的意思，而且好像一時興起，一跳把前腳搭上了湯瑪索的肩膀，仍然回頭去聞外套口袋的方向。

——走開，走開呀！快，討厭！——眼睛佈滿血絲的湯瑪索低聲斥喝，而得意洋洋的丹麥犬腰下挨了一腳。丹麥犬衝上前跟湯瑪索面對面露出尖銳的牙齒，然後一扭頭咬住他的夾克邊緣，開始撕扯。幸好湯瑪索及時將麵包抽出，才保住了口袋。

——喔，原來有麵包！——同伴七嘴八舌。——拜託，你把午餐擺在口袋裡，難怪狗要追你！既然吃不下，就給我們吧！

湯瑪索短短的手臂舉得老高，避免麵包被狗搶走。——給牠嘛！不然搞不完！給牠嘛！——大家都這麼說。

——傳給我好了，給我！你傳呀！——克李斯庫羅拍著手，像籃球球手那樣擺好姿勢準備空中接球。

可是湯瑪索不放手。丹麥犬奮力一跳，咬著麵包窩到角落去了。

——就給牠吧，湯瑪索，現在還能怎樣？小心牠咬你！——不管大家怎麼說，湯瑪索還是蹲在丹麥犬旁邊試圖說服牠。

——你幹嘛？還去搶被吃了一半的麵包？——同伴們問他，就在那個時候們一開，祕書現身說：——請進。——大家趕緊尾隨在後。

湯瑪索作勢跟進，其實心裡還是記掛著珍珠項鍊。一點一點從背後接近丹麥犬，心想要是牠出現在史塔納先生面前時嘴裡叼著珠鍊就糟了，所以又彎下身去在狗耳朵旁邊輕聲細語道（努力在快發脾氣的臉上堆出詭異的笑容）：——來呀，乖，死狗，過來呀！

門已經關上了。會客室內空無一人。丹麥犬咬著牠的戰利品趴在一張沙發椅後面的角落裡。湯瑪索扭著雙手，他的痛苦倒不是因爲丟掉項鍊（他不是一直說那項鍊一文不値嗎？）而是覺得愧對彼得，想到得跟他解釋事情怎麼發生的，找理由……，還有自己傻傻杵在那裡，把時間耗在大家都莫名其妙的愚蠢處境……。

——我用搶的！——湯瑪索決定了。——萬一牠咬我，我就要求賠償！——也在沙發椅後面趴了下去，往狗嘴方向伸長了手。營養良好、受過學校訓練懂得看主人臉色行事的丹麥犬，只輕輕咬住麵包的一端，並沒有發揮食肉動物殘暴天性，立即將食物撕裂：反而像貓科動物那樣把東西把玩於股掌間，這對一隻強壯的成犬來說是不可輕忽的老化跡象。

代表團的其他成員並未發現湯瑪索沒有跟進來。方廷諾振振有詞，一直等到他說到：——……我們在場的還有頭髮斑白、這一輩子三十幾年的歲月都奉獻給工廠的人……——準備要指湯瑪索，先指向右邊，再指向左邊，這才發現湯瑪索不見了。是突然身體不適？克李斯庫羅躡手躡腳轉身出去，回到先前的房間去找他。沒看到人：──八成是累了，可憐的老先生，──他想。──大概回家去了。算了！反正他耳背！但是也應該跟我們說一聲啊！──也沒想到要看一眼沙發椅後面就離開了。

趴在角落裡的老先生和狗還在鬥：湯瑪索含著淚水，丹麥犬則齜牙咧嘴。湯瑪索的堅持在於他認定了狗比較笨，輸給一隻笨狗太沒面子了。果然他利用丹麥犬把玩食物的時候把麵包上面那一層一拍飛了出去，狗朝那半個麵包撲過去的同時，湯瑪索手上拿回了有兔肉和珍珠的另外一半。抓住項鍊，解開卡在兔肉間的珍珠，放進口袋裡，而在匆匆一瞥發現狗留在麵包上的齒痕只及表皮未及內餡後，又把兔肉塞進了嘴巴。

然後湯瑪索偷偷溜進了史塔納先生的辦公室，滿臉通紅，嘴裡塞滿了東西，耳鳴不已，在同伴飄過來的詢問目光中入列。方廷諾發言過程中始終盯著桌上統計圖表不曾抬眼，看起來全神貫注於數字上的史塔納先生聽到一個聲音，好像有人在他旁邊吃東西。一抬頭，發現眼前多了一個人，是之前沒有的：皺紋滿面，臉色青紫，發黃、佈滿血絲的眼睛瞪得老大，剛發過脾氣的樣子，面無表情，咀嚼的頦骨發出巨大的聲響。史塔納心情大亂，回頭盯著數字不敢抬頭，想不通那個人怎麼能當著他的面吃東西，努力想把那傢伙從腦袋中驅除，待會兒才能用全副精力和託辭來反駁方廷諾的話，可是他發現自己的自信有大半都消失無蹤。

每晚睡覺前，烏貝塔太太都會在臉上塗抹富含維他命的小黃瓜面霜。可是一晚沒睡，早上不知道怎麼上的床，沒有抹小黃瓜面霜，沒有按摩，沒有做消除腹部皺紋的體操，總之沒有做所有例行的美容功課，讓她睡得很不安穩。她把干擾自己短短幾個小時睡眠時間的輾轉反側、頭痛、口乾舌燥，都歸咎於省略了美容功課，而不是前一晚喝的酒。不過爲了保持美麗而養成的仰睡習慣，讓她在不安的睡夢中仍然不忘照顧睡姿，床單下呈S型的身體對想像中的觀看者來說——她自己心裡有數——始終撩人。

醒來時的惶惶然，那種忘了東西的感覺，讓她緊張起來。回想今早進門，狐皮披風丟在沙發椅上，換上了睡衣……叫她懊惱的記憶空白處是：項鍊，跟她柔軟、光滑的頸子同樣珍貴的珍珠項鍊，不記得自己有沒有拿下來，更不記得有沒有放回浴室的夾層抽屜。

床單一掀，從床上跳起來，披頭散髮罩一襲紗裙，瞄了一眼五斗櫃，再衝向浴室，找遍了所有她可能順手一擺的地方，匆匆朝鏡子裡氣急敗壞的自己做一個鬼臉，開抽屜，再看一眼鏡子希望能推翻先前的預感，再進浴室檢查隔板，換上浴袍，照了照洗臉檯上的鏡子，然後打開梳妝台的夾層抽屜，再關上，閉著眼把頭髮打散，心情轉好。她把那串四排的珍珠項鍊弄丟了。拿起電話。

——喂，我找建築師……恩利克，對，我起來了……我沒事，你聽我說，項鍊啊，那條珍珠項鍊……我離開的時候還有，我確定……現在不見了……我也不知道……我都找過啦……你有沒有印象？

早上遲到的恩利克睏得半死（只睡了兩個小時），神經緊繃，心浮氣躁，假裝在用透明紙瞄圖其實豎起了耳朵在聽，身邊站著一個年輕的設計師，香菸燻著自己的眼睛，說：——那你就讓他再送妳一條嘛……

聽筒傳出一聲尖叫，連設計師都覺得耳鳴：——你瘋啦！他根本就不讓我戴那條項鍊出門，你懂不懂！那條價值……我不能在電話裡說！別鬧了！他要是知道我戴著那條項鍊到處現給人家看，不把我趕出去才怪！萬一他知道我弄丟了……會把我殺了！

——八成掉在車裡了。——恩利克說，她一聽靜了下來。

——你覺得？

——我覺得。

——你記不記得我們中途下過車……那是哪裡？……那時候是不是還在我脖子上？

——我怎麼會記得……——恩利克說，用手抹了一把臉，不情不願地回想她下車在灌木叢中亂跑，兩個人吵了一架，珍珠項鍊極可能就掉在那裡，而自己待會兒就得回去，在那片荒地上一寸一寸地尋找，覺得好煩。——別擔心。那麼大一條，找得到的……先在汽車裡找找看……管車庫的人可不可靠？（那車是她的，車庫亦然）。

——可靠，雷歐內跟我們好多年了。

——那就趕快打電話給他，叫他看一下。

——要是沒有呢？

——就再打給我，我回去那裡找……。

——親愛的，寶貝……。

——嗯。

掛上電話。項鍊。恩利克喃喃自語。天知道值幾百萬。而烏貝塔的老公一天到晚銀行退票也不管。故事可精采了。可以編連續劇。他在紙上畫出一串四排的珍珠項鍊，一粒又一粒的珍珠，維妙維肖。得把眼睛睜大一點。給珠子畫上眼瞼、瞳孔、睫毛。不能再浪費時間，他得快點去草叢堆裡找。烏貝塔還不打電話來。會在車裡才怪。——你來把這張圖畫完，——他跟那個設計師說。——我得再出去一下。

——您要去營造廠那邊嗎？別忘了……。

——不是，我要去鄉下。買草莓。——用鉛筆把項鍊塗滿，變成一個連萼帶柄的大草莓。——你看，草莓。

——又是女人喔，建築師。——年輕人語帶譏諷。

——倒楣。——恩利克說。電話響了。——沒有是吧，別急。我現在就去。有沒有交代管車庫的什麼都別說？當然是他啊，拜託，還會有誰，他老闆大人啊！那就好。我記得位置……之後我再打給你……拜，別擔心了……——掛上電話，吹聲口哨，穿上風衣，騎上他的摩托車，出發。

眼前的城市像牡蠣，像清澈的海一般展開。他年輕的時候會飆車到一個城市，看著它在面前突然出現，即使明知道頽圮老城幾爲平地，什麼都看不到。只是爲了品嚐冒險的感覺：是凡事質疑、走在時代前端的恩利克建築師年輕歲月唯一保留下來的嗜好。

所以尋找遺失的項鍊其實很有趣，並不像一開始所想的那麼無聊。或許是因爲他根本不在乎珍珠項鍊。找到固然很好，找不到就算了：烏貝塔的擔憂是屬於有錢人的擔憂，價值越昂貴就越不當回事。

再說，恩利克有什麼好擔心的？沒有。而任他無憂無慮、意氣風發馳騁的這個城市，是他早年以大地爲家的床，放眼望去每每有放聲尖叫、雀躍、當頭棒喝的感覺：老房子、新房子、國民住宅、名人華宅、廢墟或工地支架，這個城市曾經在他看來問題叢生，風格、功能、社會、人的尺度、房地產炒作……。而今，他以當年看待新古典、新藝術、二十世紀畫派同樣歡愉的嘲弄眼光，多了一份觀看自然現象的客觀，重新審視那些髒兮兮的貧民區、嶄新的摩天大樓、方正的廠房和沒開窗的牆上青苔結成的圓花窗；再也聽不到當年伴隨他步伐的號角聲，那在醜陋的城裡攻擊資產階級、恨不能為全人類摧毀再重建一座城市的他。當年勞工隊伍舉著牌子遊行，後面跟著擠滿街道的人潮推著腳踏車往行政首長辦公室走，恩利克也曾加入，他覺得自己在那灰撲撲的隊伍上方翱翔，幾何形狀的雲，白牆綠地，是他要為他們建造的未來城市景象。

在那個時候，恩利克也是革命份子：只等無產階級取得政權，將城市的興建計劃交給他。可是無產階級遲遲沒有動靜，而且他們對恩利克堅持要光禿禿的牆和平屋頂也不以為然。於是年輕的建築師開始了他鄙視一切理想的冒險歲月。為了展現他風格的嚴謹，他開發了另外一條路：設計海濱別墅，然後推銷給那些不配擁有的市儈的有錢人。好一場內心掙扎：敵友互換。為了鞏固他的地位，必須成為領導時尚的建築師；恩利克得開始認眞思考他的「生活方式」，怎麼能還騎個摩托車亂跑呢？他腦袋裡除了賺錢別的都不想，什麼工作都不重要。那綑漸漸發黃的未來城市藍圖躺在他工作室的角落裡，偶爾有人要隨便抓一張紙畫草圖時才會被拿出來，在背面勾出一棟棟摩天大樓。

那天他騎著摩托車到郊外住宅區去的時候，恩利克並沒有記起當年他面對簡陋的勞工住宅的省思，但是有如尋找青青草地的小鹿，在空氣中聞到了工業區的臭味。

那天早上他本來應該坐烏貝塔的車去看一個工業區的。他們剛結束狂歡，喝醉的她不願意回家。帶我去這裡，帶我去那裡，恩利克其實已經想好了：與其漫無目的亂逛，不如去看一下那個地方，反正他知道那個時候不會有人，好了解有沒有機會。那是烏貝塔老公的地，是他工廠旁邊的地。恩利克冀望透過她的支持，拿到那項大工程。沒想到半途中烏貝塔差點跳車。他們吵架了：她醉得不醒人事。——你要帶我去哪裡？——她哭哭啼啼的。恩利克說：——去找你老公。我不要你了。把你帶到工廠交給他。你看，我們現在就是往那裡走。——她哼了幾句沒人聽懂的話，突然打開車門。他緊急煞車，她衝了出去。就這樣把珍珠項鍊搞丟了。現在要找回來，說得簡單。

他腳下是一片雜草叢生的斜坡。他之所以認得出這就是早上那個地方，是因爲少有人經過的泥巴路還留有煞車的痕跡。周圍景象沒有任何秩序，這是第一次地籍上的「無特定用途土地」對他有這麼明確的意義，而且還讓他微微地提心吊膽。走幾步，視線在灌木枯枝橫陳的乾裂地上搜尋：看到那貧瘠的土地沒有生命跡象，垃圾四處散落，被遺忘，面目全非，一道隱隱的彩光或許是蝸牛爬過的痕跡，探險的樂趣頓時受挫，就好像因爲冷淡、粗暴或拘束，致使愛情的熱度突然被澆熄。睡醒後一直有的噁心感又回來了。

儘管心裡有數將無功而返，他依舊四面巡查。或許應該設定一個方法：畫出烏貝塔可能經過的地方，分區後再作地攤式搜索。白費工夫，恩利克繼續他漫無頭緒的找法，在草叢中隨意翻撥。一抬頭，面前站著一個傢伙。

那人站在草堆中，手插在口袋裡，蔓蕪雜草淹沒了他的膝蓋。他悄然掩至，不知道從哪個方向來的。瘦高個，尖嘴猴腮像隻鸛鳥，頭上戴了一頂老式軍帽，還有兩片像獵狗的耳朵垂在兩邊，穿的也是軍用夾克，肩章都破了。他一動也不動，似乎準備伏擊。

他確實等了好幾個小時，在恩利克知道自己要回來之前他就在那裡了。他是無業遊民菲歐倫佐，眼睜睜看著到手的鴨子被那兩個工人撿走。心中懊惱一平復下來，他就告訴自己說要在那裡等。比賽還未分勝負，如果項鍊很值錢，遲早失主會回來找，跟著寶貝走還是有希望分一杯羹。

建築師看到那裡杵了個陌生人，提高了警覺。他按兵不動，點一根菸。恩利克又開始對這件事有興趣了。恩利克是那種以爲自己凡事都穩紮穩打的人，其實他們的人生態度反覆無常，人際關係錯綜複雜。面對大自然，或按部就班的世界，或深思熟慮過的事物，就茫然不知所措。只有當他察覺不知是敵是友的對方有所動靜時才會恢復信心；所以那麼多案子，這位建築師從來沒有為自己或為他人實現過一個。

發現菲歐倫佐，最好先看看對方的反應，恩利克繼續彎著身子找，一面以直線向他靠近，但又不會直接撞上。那傢伙也動了，切過恩利克的路徑。

兩人相距一步。無業遊民有一張消瘦的鳥臉，滿是鬍渣。他先開口說話了。

——在找東西？——他說。

恩利克嘴裡叼著菸。菲歐倫佐呼氣，冷冽的空氣中一團白霧。

——只是看看。——恩利克含糊其詞，用手比了比四周。等對方先揭牌。「如果他找到項鍊」，他想，「會想了解值多少錢。」

——在這裡丟的？——菲歐倫佐問。

恩利克馬上反問：——什麼東西？

停頓了一會兒菲歐倫佐才說：——你要找的東西。

——您怎麼知道我在找東西？——恩利克很果斷。他之前還在猶豫要像警察對付嫌疑犯時用凶巴巴的「你」，還是用都市文明比較客氣、平等的「您」來稱呼對方；最後他決定用「您」，因為他要建立的關係是在高姿態和協商之間。

那傢伙想了一下，又吐了一口氣，轉身離開。

「這招厲害，」恩利克想，「說不定他眞的找到了？」現在換這個陌生人佔上風了，輪到恩利克跟在他後面。——喂！——把那包香菸遞過去。那傢伙轉過頭來。——來一根？——恩利克問，手伸出去，人並沒有動。那人退後幾步，拿了一根菸，在用指甲夾住香菸的時候冒了一句可能是謝謝的話。恩利克把菸放回口袋，拿出打火機，試了一下，慢慢幫那傢伙把菸點上。

——您先說您在這裡找什麼？——恩利克說。——然後我就回答您的問題。

——找草。——那男人說，指了指路邊的一個簍子。

——餵兔子？

兩個人爬上斜坡。那人拿起簍子。——我們要吃。——說著就往路上走。恩利克坐上摩托車，跟在他身邊慢慢騎。

——所以說，您每天早上都會來這裡撿草，對不對？——他的意思是：「這是你的地盤，對吧？這裡有任何風吹草動都逃不過你的眼睛！」菲歐倫佐先發制人：——大家都可以來。

他知道恩利克在玩什麼遊戲，不管他有沒有找到項鍊他都不會說的。恩利克決定掀牌：——今天早上有一樣東西掉在這裡了，——停了一下，——您有沒有找到？——閉起嘴巴等對方發問。——一樣東西？——他是問了，不過之前想了一會兒，有點久。

——一條項鍊。——恩利克帶著不屑的表情表示說那不是什麼重要東西；同時做了一個手勢，好像一隻手從另外一隻手拉出條繩子或蝴蝶結。——是個紀念，我們很重視。請您給我，我會付您錢。——做出要去拿皮夾的樣子。

菲歐倫佐手往前一伸，意思是：「我沒有」；卻又不說出口，手也沒有縮回去：——這活兒不容易，要在這裡找東西……得花好幾天時間。這裡那麼大，我們可以先看看……。

恩利克的手擺回摩托車把手上。——我以爲您已經找到了。很遺憾。那就沒辦法了。不好意思。

流浪漢丟開菸屁股。——我叫菲歐倫佐，——他說。——我們可以談一談。

——我是恩利克．佩雷建築師。我以爲我們會馬上切入正題。

——我們可以談一談。——菲歐倫佐說。——一天多少錢，交貨的時候給多少錢。

恩利克突然做個假動作，行動前他也不確定是要抓住對方，還只是想測試一下對方的反應。而菲歐倫佐不閃不躲，消瘦的鳥臉上是嘲諷的挑釁表情。恩利克看那夾克扁扁的口袋也不可能放得下那串四排的珍珠項鍊，就算他知道項鍊的事，誰曉得他藏在哪裡。

——搜那片草地你要花多少時間？——恩利克改用「你」稱呼他了。

——誰說東西還在草地裡？——菲歐倫佐說。

——如果不在草地裡，那就在你家嘍。

——我家在那裡，——男人說，指著路的那一邊。——來吧。

郊區最早一批貧民住宅散落在濃密的草地中，那才是菲歐倫佐的勢力範圍。就像遠古時代的王國京城都設在邊緣地帶，最靠近外側的就是他的家。這個家有許多歷史事件和災難的痕跡：半毀的矮牆是老舊的軍用馬廄，因爲馬隊不復風光被棄置不用；土耳其式的浴室還有牆上擦不掉的字跡是軍械庫和訓練營前後駐紮的結果；鐵窗是因爲內戰期間這裡曾經充當監獄的關係；爲了把最後一批好戰份子從這裡趕出去曾經放過火，差點毀了這間屋子；地板和管道是收容先前提到的災民和後來的難民時期才做的；然後爲度過漫長的冬天拿木頭當柴燒，屋瓦和磚也都被拆了；最後帶著床墊和家具進來的是被前一個屋主趕出來的菲歐倫佐一家。他們在附近找到的一扇因爲爆炸而扭曲變形的鐵捲門遮蔽了半個屋頂。就這樣，菲歐倫佐、他太太伊內絲和四個沒有夭折的孩子有了一個家，有牆可以掛親戚的相片以及繳稅單，等待第五個小孩出世並希望他能夠存活下來。

如果說這房子從他們搬進來那一天起到現在沒有多大的差別，是因爲菲歐倫佐的態度跟原始人住在大然洞穴的心態很接近，而不像拓荒者或船難倖存者那樣努力在四周重建那遙遠的祖國文明。說到文明，菲歐倫佐在附近看到了他想要的，可是要不拒人千里就是禁止碰觸。在被裁員之後，他很快就忘掉之前學得還不錯的技能——銅管刨光——，改做粗工，也沒維持多久，又被踢出貨幣流通市場，家計頓失依靠，一大家子嗷嗷待哺，只好回歸歷史進程：不管什麼建造哲學，只是埋頭工作、耕種，除了收成和打獵以外什麼都不想。

對菲歐倫佐來說，他不再屬於城市，就像獵人腦袋裡才不管森林，只想著如何獵殺野生動物，成熟的醬果，和避雨的地方。菲歐倫佐眼中看到的城市富裕在於郊區市場收攤後地上的菜心，市郊電車軌道邊可食用的野菜，鋸一小塊公園板凳的木頭回家取暖，發春的貓跑到三不管地帶後就失去蹤跡。他的城市是由廢棄物、二手或三手貨、糞便所組成的，有破底的皮鞋、菸屁股、傘骨。就用這些髒兮兮的寶物也可以成立供需交換的市場，可以炒作，可以壟斷。菲歐倫佐賣的是空瓶、破布、貓皮，這樣還可以在這貨幣流通市場掙點錢糊口。最辛苦但也最有賺頭的工作是撿廢鐵，他們在工廠下方的山崖挖土，在工作廢棄物之中尋找不要的鐵絲，有時候可以挖好多公斤換個三百里拉。城市也有不同的季節和收成：選舉過後所有牆面都貼滿了厚厚一疊海報，用刀勤快、用力地把這些海報一片一片削下來，小孩也可以幫忙把那些紙張用各色碎布縫成的大口袋裝滿，然後帶到收廢紙的地方去稱重賣錢。

通常這些工作是兩個比較大的小孩在幫菲歐倫佐。在那樣的環境下長大，他們也很認命，在落後、髒亂的郊區跑來跑去，跟老鼠做朋友分享食物和遊戲。伊內絲則有母獅風範，決不離開巢穴，舔著新生幼兒，忘記持家和打掃的習慣，貪婪地撲向男人和孩子們帶回來的戰利品，幫忙拆下拖鞋的鞋面布賣給拖鞋工廠當補丁，或收集菸屁股的菸草；雖然有一頓沒一頓，她依然壯碩肥胖，而且氣定神閒。另外那個世界，那個皮鞋、電影院的世界對她不再有吸引力，海報也不再傳遞任何訊息，只不過是碩大難解的字謎。她和菲歐倫佐結婚那天穿著白紗禮服的照片每天都蒙上更多的灰塵，已無法分辨那究竟是她還是她祖母。風濕讓她養成沒生病也老躺在床上的習慣。大白天躺在七零八落的家中床上，旁邊還有小寶寶，看著多雲灰濛濛的天哼一首探戈老歌。所以恩利克快到陋屋時聽到她在唱歌：他感到疑惑。

以專家的眼睛他看了看傾斜、高低起伏的屋頂，失火在大理石紋牆上留下的不規則稜角。某些發現，用在海濱別墅會別有風味。他得好好記在腦袋裡。想起他在一場都市計畫研討會上說的話：——同儕們，我們要從貧民住宅出發，而不是從億萬豪宅……。

## 安地列群島的對峙

你們應該聽聽我叔叔唐納多說起冒險故事的時候，他跟德瑞克上將一起航海過。──唐納多叔叔，唐納多叔叔！──每當我們看見他那永遠半開半闔的眼睛透出閃爍的目光，就在他耳邊大喊。──跟我們說那次安地列群島對峙的故事。

──啊？喔，對峙，嗯，嗯，對峙……──然後用沙啞的聲音開始敘述。──我們正慢吞吞地繞安地列群島前進，行駛在光滑如鏡的海面上揚起所有的帆，希望能捕捉到些許微風。突然發現一艘西班牙四桅大帆船用大砲指著我們。他們不動，我們也不動，就在那風平浪靜的海上對峙。我們過不去，他們也過不來。不過老實說，他們絲毫沒有前進的意思：他們是故意擋在那裡不讓我們過去的。而我們這些由德瑞克所領導的艦隊遠渡重洋就是爲了對付西班牙艦隊，從那些天主教徒手中攻下無敵艦隊，將它獻給英國女王伊莉莎白。但是此刻，在大砲的威脅下，我們的長砲是發揮不了作用的，所以得三思而後行。

欸，沒錯，你們要知道，當時的軍力就是那麼懸殊。那些該死的西班牙人早就備好飲水、安地列當地的水果，還有從他們港口就近運來的油料，可以在那裡想耗多久就耗多久：不過他們也不敢隨便開打，因爲對他們教皇的海軍司令而言，既然與英國之間的關係一如他們所預期，萬一某一場海戰輸了或贏了，破壞原有的平衡，並非他們所樂見。就這樣一天又一天過去，風平浪靜依舊，我們和他們各自待在原點，杵在安地列群島外海……。

——後來呢？唐納多叔叔，你說呀！——發現這位老水手下巴抵著胸口又開始打瞌睡了，齊聲大喊。

——啊？喔，對呀，風平浪靜！僵持了好幾個禮拜。我們用望遠鏡看他們，那些沒用的天主教徒和水手，躲在綴有流蘇的大洋傘下，頭上遮條手帕，長髮拿來擦汗，嘴裡吃著鳳梨冰淇淋。而我們這些行遍五湖七海、一心要征服尚活在水深火熱中的基督教世界的驍勇戰士，卻只能坐以待斃，倚著船舷釣魚，嚼嚼菸草。我們朝大西洋航行已逾數月，所備的乾糧差不多都已告罄，要不就壞掉了。每天壞血病都會奪走我們一兩個弟兄，水手長隨便唸兩節聖經，一個麻袋就被撲通丟進海裡。每當這個時候，對面艦隊上的敵人就拿著望遠鏡窺探我們，屈指忙著計算我們的人員損失。我們則隔空對著他們痛罵：要等我們死光，還早著咧，我們見識過大風大浪，安地列群島這個陣仗算什麼……。

——那，唐納多叔叔，你們要怎麼脫困？——

——啊？脫困？那幾個月我們也不停自問……我們之中許多人，尤其是老一輩的，或是有紋身的，他們都說我們的船是海盜船，適於快速移動，他們還記得當年如何飛快地轉動絞盤，用長砲轟掉西班牙艦隊的桅杆，把船舷打得千瘡百孔……。對，要快，我們是很行，可是要有風，才能跑得飛快……。這會兒，無風無浪，我們談什麼攻防戰、短兵相接不過是漫長等待中說來打發時間罷了；隨便什麼風都好，西南風、暴風雨、颱風都行……。我們接到的命令是不准多想，艦長解釋說這一仗就是守在那裡，保持警覺，熟讀英國皇家戰艦作戰計畫、風帆操作和掌舵手册、長砲使用演練，因爲德瑞克上將的艦隊應該要完全服從德瑞克上將訂定的艦隊守則：否則豈有紀律可言……。

——然後呢？唐納多叔叔！你們後來怎麼脫困的？

——嗯……嗯……我剛說到哪兒？喔，絕對的服從和紀律是必要的。德瑞克上將的艦隊軍官人事有過調動，有過兵變、暴動：航海跟以前不同了，船上什麼人都有，烏合之衆、老水手，也有見習水手，日子久了大家都有自己一套航海經……。這些人就是軍官和大副他們認爲最危險的人，所以絕不可以對英國女王伊莉莎白的海事守則有半點質疑。我們還是照舊清砲、刷甲板、檢查空中綿軟無力的風帆起落正常，漫漫長日的空檔時間，甲板上公認最無害的活動是在胸前或手臂上刺青，歌頌我們傲視四海的艦隊。聊天時開始越來越多人乾脆希望老天幫忙，刮一場暴風雨把我們和敵人的船一起弄沉，越來越少人討論如何在現況下讓船解困……。有一個桅樓水手叫約翰・史林姆的，不知道是被太陽曬昏頭了還是怎麼了，開始研究他手中的咖啡壺。──既然蒸氣可以掀開咖啡壺的蓋子，──約翰說。──我們的船構造若是像咖啡壺，就也可以不靠風帆前進……。老實講，這番話說得有些沒頭沒腦的，不過要是再深入研究看看，說不定可以理出些頭緒。結果呢：他們把咖啡壺丟到海裡，差點把他也丟下去。他們說，這什麼咖啡壺理論，分明是天主教徒才會有的想法……，西班牙才有喝咖啡的習慣，咖啡壺文化，我們可沒有。我反正不懂，只要想得出辦法都好，壞血病仍然肆虐……。

──然後呢，唐納多叔叔，──我們失去了耐心，渴望的眼睛晶亮，抓住他的手大力搖晃：──我們知道你們最後獲救了，也知道西班牙艦隊被你們打得潰不成軍，可是，唐納多叔叔，到底是怎麼發生的？

──喔，對，你以為西班牙艦隊內部同舟共濟啊，作夢！透過望遠鏡就看得出來，他們也是有人想走，有人想拿砲轟我們，還有人意識到要向我們靠攏才能找到出路，因為唯有伊莉莎白女王軍艦的無堅不摧才能重回海上貿易的極盛時期……。可是西班牙的海軍軍官也不希望有絲毫改變。關於這一點，儘管我們和敵方軍艦的艦長彼此恨得牙癢癢的，倒是志同道合。所以，眼看沒有起風的意思，兩邊開始用旗子你來我往，互傳信息，好像準備對話。但內容不外乎：早安！晚安！天氣不錯！等等……。

——唐納多叔叔，唐納多叔叔！你不要又睡著了，拜託啦！告訴我們最後德瑞克的軍艦是怎麼脫困的！

——我又沒聾，不用那麼大聲！你們知道，我們誰也沒想到安地列群島那樣的天氣可以持續數年，一絲風都沒有，天壓得好低，悶熱，彷彿暴風雨前夕。我們汗流浹背，打著赤膊，攀著桅杆支索，只求在綑紮的風帆下找到些許遮陽陰影。一切都靜止不動，就連我們之中最急於求新求變的也懶得動，一個爬到前桅中帆的頂上，一個在主帆的後牆縱帆上，另一個則跨坐在桅桁上，居高臨下翻著世界地圖或海事圖……。

——然後呢，唐納多叔叔！——我們跪在他腳邊，手也派上了用場，搖他的肩膀，扯著喉嚨喊。

——看在老天爺的份上，告訴我們最後到底怎麼了！我們受不了了！你快說啊，唐納多叔叔！

# 一九七九附註

我又重看了安地列群島的對峙。應該是寫完之後第一次重看。並沒有過時，不只是因為政治寓意之外的故事本身，也是因為殊死作戰和被迫按兵不動之間弔詭衝突的代表性劇情，除了常見於政治─軍事，更常見於史詩─敘事體，伊里亞德時代就有了，難免會用來影射歷史事件。至於暗喻義大利政治方面，光想經過二十二年兩邊艦隊依然對峙的場景，就教人不寒而慄。並不是說義大利社會這二十二年來一成不變，比起上個世紀自然有長足的進步。而我們身處的這個時代也不能算是「風平浪靜」。從這個角度來看暗喻與實際狀況不太貼切，不過，請注意，要說二十二年前風平浪靜也是很勉強：當時社會局勢緊張，窮爭險鬥，犯罪頻傳，集體和個人悲劇事件層出不窮。「風平浪靜」這句話聽起來如此甜美，卻跟當時或跟今日的氣氛都完全不符；海面上的風平浪靜看在風帆船眼裡反而是沉悶、猙獰、有氣無力，這正是我師襲的康拉德和梅維爾小說中所傳達的。我這篇隱喻義大利共和政治的故事之所以受到青睞，是它在「保守主義」這一類的政治術語之餘還有話要說。兩軍對峙，在爭鬥、無法妥協的對抗中僵持不下：西班牙陣營秉持的保守態度倒是跟他們的計畫和目標相符；但「海盜」艦隊則夾在本要（德瑞克上將訂定的艦隊守則）「速戰速決」和企圖逼近敵船砲轟不但不可能、反而會適得其反之間進退不得……。我當時並沒有提出任何解答——現在依舊——我只是列出一些可能的態度。兩大敵對陣營都希望維持現況以不變應萬變（原因固然互異但都理由充足），不論是對內的軍心安穩或對外的勢均力敵。（就這一點，不能說都沒有過任何變化，尤其是義大利共產黨，還有左派，就連天主教民主黨因時勢所趨也有所動作。）兩方都有躁進者，多出於情緒而非理性；也各自有鼓勵展開對話的。（雙方陣營的發展趨勢與現實中政治上的大和解和改革的聲浪相仿，情況並未有大幅度的改變，但始終予人遐想。）當中不乏極端悲觀的反應（「乾脆刮一場暴風雨把我們和敵人的船一起弄沉」），這是足以毀滅人類文明的原子戰爭經蘇聯提出後造成他們內部分歧、而中國試圖粉飾太平的結果。寫作當時的時代氣氛對科技發展寄予厚望（人人都在談「自動化」，彷彿那是解決問題的根本辦法）。不過我所影射的蒸汽機的發明，可能只停留在把玩咖啡壺的階段。

就「時間性」附帶說明：我無法確定這篇短文的寫作時間，只記得那一期的《不設防城市》（*Città aperta*）延遲許久才出刊，所以寫作日期應該是我全心投入義大利共產黨內部討論改革之前的幾個月。這篇文章在保守或激進的修正主義份子之間獲得一致認同，「革命份子」和「改革份子」都找到支持自己的依據，不過當時兩方並沒有那麼壁壘分明。《不設防城市》出刊後，我的短篇又由《快訊》（*Espresso*）轉載，廣為流傳。《前進報》（*L'Avanti*）在社論中專文討論。接下來極左刊物《共黨行動報》（*Azione comunista*）刊登了一則真人實事的模仿滑稽版短篇，然後毛烏利吉歐・費拉拉（Maurizio Ferrara）以「小布拉德」之名，用同樣的嘲諷語氣在《重生》（*Rinascita*）雜誌回了另一則模仿滑稽版短篇。一九五七年我退出義共，〈安地列群島的對峙〉被視為我的退黨宣言，其實不然，因為完稿在先。

# 仰天長望的部落

醉人的夜，一枚枚飛彈劃破夏日夜空。

我們部落的人都住在茅草、泥巴搭起來的棚屋裡。採完椰子收工後晚上回到家，疲憊不堪的我們待在門口，或蹲，或躺在草蓆上，望著星空發呆，身邊是頂著圓滾滾的肚子在地上玩耍的小孩。許久以來，或許一直以來，我們感染砂眼、紅腫的可憐眼睛總是痴痴望著天空，主要是從我們村落上方的星空有新的星體飛過開始：留下白色航跡的噴射機、飛碟、飛彈，還有現在的原子導彈，又高又快，幾乎看不到也聽不到，只有當你全神貫注，才可以在南極星的星光中見到一閃，聽到一聲嗚咽，然後經驗老道的人就會說：「剛才有一枚飛彈以兩萬公里的時速經過；如果我沒聽錯，比上禮拜四那枚慢了一點。」

自從空中有飛彈飛過，我們之中不少人突然變得特別亢奮。村裡的巫師用耳語攻勢暗示我們，從克利曼佳羅湧出的這些火流星是上天給我們的信號，所以神允諾我們的時間近了，經過幾世紀的低下與卑微，我們部落終於要統治大河河谷了，未經開墾的大草原將遍植高粱和玉米。所以——這些巫師的意思是——就別再費心思考如何改變現況了，要相信上天，守著祂的陽光使者，別再追問了。

得說明的是，儘管我們是靠採椰子維生的貧窮部落，可是對外界發生的事可知道得一清二楚：我們知道什麼是原子彈，它的原理，要多少錢；我們知道除了白人會像被機槍掃射那樣全體死於非命，他們居住的城市也會像高粱地一般被剷平，整個地表變得乾裂、千瘡百孔，寸草不生。沒有人會忘記原子彈是邪惡的武器，包括我們的巫師，甚至還在神的授意下詛咒它。不過把飛彈當作上天的火流星也不賴，這樣我們就不至於太擔心，胡思亂想，只是腦中偶爾還是會閃過那個念頭。

問題是——我們看過好幾次——村落上方飛過預言中克利曼佳羅發出的邪惡之火後，就有飛彈反方向呼嘯飛過克利曼佳羅的山巔消失不見：不祥的預兆，偉大時刻來臨的希望日漸渺茫。就這樣，心中五味雜陳，我們觀察火藥味越來越濃的致命天空，一如當年望著寧靜夜空中的星星或彗星，審視命運。

部落中最熱門的話題就是導彈。我們身上則依然是粗糙的斧頭、矛和吹槍。擔心什麼？我們是叢林最邊緣的部落，在偉大時刻鐘聲敲響之前，是不可能有所改變的。

不過來買椰子的不再是那有時候剝削我們、有時候看我們臉色，划獨木舟隻身前來的白人；現在是「椰產合作社」的人來批發、定價，我們則被迫加快採椰子的速度，分成小組日夜輪班，以達到合約上的產量。

儘管如此，我們之中還是有人認爲預言中的偉大時刻已經逼近，不過不是什麼星辰預示，所謂神所宣示的奇蹟其實是只有我們、而非「椰產合作社」能解決的技術問題。沒錯，他們也無能爲力！那我們就來談談「椰產合作社」吧！那些人坐在大河碼頭的辦公室裡，腳翹在桌上，手裡拿著一杯威士忌，他們唯一擔心的是這一枚新飛彈是否比另外一枚威力更強大，這也是最熱衷的話題。關於這一點，他們的說法倒是和巫師的說法相同：我們的命運全繫於這些火流星！

就連我，坐在棚屋門口，看著流星和飛彈發光及殞落，滿腦子想的盡是海中生物將遭受池魚之殃，還有那些決定發射飛彈的人在爆炸聲中的相互致意。這些信號固然代表的是神的意旨，還有我們部落的興衰存亡……，一直在我腦中盤桓不去的是：像我們這樣一個唯星象是瞻的部落，將以賤價販售椰子終老一生。

# 蘇格蘭貴族的夢囈

窗戶透進來的風吹得燭火搖搖欲滅。可是我不能讓房間爲黑暗籠罩，我被睡意襲捲，得讓窗戶敞開以便監視無月的夜色中人影幢幢的那片荒地。兩英哩以內不見任何火炬或燈籠，除了松雞清鳴和我們城堡前小路上的腳步聲，四下寂靜無聲。今晚並無特殊之處，不過麥可·狄更生家族在黎明前隨時可能攻打我們。我一晚無眠，在評估我們的處境。剛才家丁中最老也最忠心的道格來找我，向我表白他的良心難安：他跟省裡大多數人一樣是主教教會，他們的主教要求所有信徒支持狄更生家族，嚴禁他們爲其他家族効力。我們麥可·費古森家族則是長老教會，秉持一貫的寬容精神，從來不爲宗教問題刁難人。我回答道格說請他憑良心和信仰自行決定，然而還是忍不住提醒他他們家欠我們家族多少情。我看著那位頭髮花白的老戰士噙著淚水離去，不知道他將如何抉擇。無須自欺欺人：百年來都是死對頭的費古森家族和狄更生家族之間即將爆發一場宗教戰爭。

多少年來我們這兩個高原家族的爭鬥都遵循蘇格蘭傳統風俗：找到機會就用敵人家族成員的鮮血祭慰我們被殺害親人的在天之靈，互相占領或掠奪對方的領土及城堡，但宗教戰爭的陰影始終未及蘇格蘭這片土地。我們知道主教教派支持麥可．狄更生家族不遺餘力，如果說這塊貧瘠的高原受到麥可．狄更生家族的蹂躪遠多於冰雹，正是因爲有主教教會呼風喚雨的強大實力作後盾。其實當鼓吹佃農付不出租金應該予以原諒、並且該進一步將土地及財產分給窮人的衛理公會教派信徒麥可．康納萊家族還是麥可．狄更生家族的頭號敵人時，我們其他這些家族都睁一眼閉一眼。所有主教教會的教士在聖壇上都宣稱麥可．康納萊家族和所有提供他們武器或爲他們効力的人都會下地獄，而出身高貴的長老教會信徒如我們麥可．費古森、麥可．史都華或麥可．波頓家族，僅袖手旁觀。其實會造成今天這樣的局勢，麥可．康納萊家族難辭其咎。承認主教教會享有我們領土農作物十分之一收成特權的，不正是當年地方稱霸的康納萊家族嗎？爲什麼要那麼作？因爲——他們解釋說——根據他們的信仰，重要的不是那些（形式之類的），而是其他更具實質意義的東西；或者應該這麼說——我們的看法是——那些衛理公會教派信徒自以爲無所不知，根本不把其他人瞧在眼裡。問題是短短幾年內他們就每況愈下。我們也不好說什麼。我們那個時候是跟麥可．狄更生家族站在同一陣線，努力壯大唯一能與康納萊、還有他們臭名昭彰的燕麥收成稅相制衡的狄更生的實力。每當我們在廣場看到脖子上套個主教教會的領結，活像痞子的麥可・康納萊那邊的人都視而不見，反正不關我們的事。

如今換作麥可・狄更生家族在各村落頤指氣使，在旅店橫行霸道、爲所欲爲，走在蘇格蘭主要街道上每個人都得在裙子上佩戴他們家族的彩帶，而主教教會把矛頭指向我們這些虔誠的長老教徒，煽動我們的佃農甚至廚師鬧事。大家都知道他們居心何在：希望能跟賈可莫・斯圖亞特國王的老部下，信奉天主教的麥可道夫或麥可・科克伯恩家族結盟，把過著草莽生活的他們從山上山羊成堆的城堡裡給拉出來。

會演變成宗教戰爭嗎？就連最虔誠的主教會教徒也不認爲爲那些成日沉溺在酒池肉林，包括禮拜天也可以牛飲好幾品脫啤酒的麥可・狄更生家族而戰就是爲信仰而戰。那他們怎麼辦？說不定他們會把這一切都當作是主的意旨，就像出埃及記。上帝讓以撒的後裔在法老治下長年受苦，並沒有要他們揭竿而起與法老殊死一戰！若宗教戰爭果眞爆發，我們麥可・費古森會接受它，當作是對我們信仰的考驗。只是我們知道蘇格蘭這一帶長老教徒勢單力薄，恐將成爲上帝——希望並非如此！——遴選的獻祭品。我又重新打開這幾個月敵方頻頻進犯遭我冷落一旁的聖經，在燭光下翻看，眼角餘光不忘黎明前總會起風的那片荒地。不懂，我眞的不懂；如果上帝要介入我們蘇格蘭家族間的紛爭——宗教戰爭祂總不能坐視不理吧——眞不知道會如何收場；我們每個人都有他的利益和罪孽，麥可・狄更生家族尤有甚之，而聖經告訴我們說主自有其打算，往往出乎人類預料。

或許我們的罪孽就在此，始終不願意承認我們的戰爭就是宗教戰爭，自以爲這樣比較方便在需要的時候妥協讓步。蘇格蘭這一帶妥協氣氛濃厚，家族間的爭鬥都是另有目的的。我們的信仰是透過某個教堂組織，或教徒團體，或在我們的心裡，向來不重要。

我看到了，在那片荒地盡頭，火把漸漸聚集。我們的崗哨也有所發現：我聽到塔頂傳來短笛的警訊。這一役將會如何？我們將要爲我們的罪孽贖罪：我們缺乏足夠勇氣作我們自己。其實，蘇格蘭不管長老教會、主教教會或衛理公會根本沒有人眞的信奉主：貴族、教士、佃農或傭人，沒有人眞的信奉那位掛在我們嘴邊的上帝。東方魚肚泛白。喂，你們醒醒吧！動作快，給馬上鞍！

# 美麗的三月天

等待過程中最讓我不舒服的——元老院拱門下，我們都到齊了，每個人站定自己的位置，梅特羅．齊伯洛握著準備要上呈的請願書，站在他後面的卡斯卡將率先動手，布魯托則在龐培雕像下方，時間差不多了，他應該不會遲到——最讓我不舒服的不是長袍下透進來的刺骨寒風，不是未知的焦慮，不是可能讓我們前功盡棄的意外狀況，或擔心有人告密，也不是對未來的惶恐：只是看著這美麗的三月天，跟其他假日一樣，大家四處溜達，根本不關心什麼共和，還有凱撒日益膨脹的權力，有的舉家去郊外踏青，年輕人駕著馬車比賽，少女們穿著直筒筒的罩袍，這種新穿法教人在猜測她們窈窕曲線時有更多遐想。我們在列柱之間吹著口哨，假裝消磨時間好不自在，其實看起來比平常就是多了一份鬼祟，至少我那麼覺得；可是誰又想得到呢？那些路過的行人怎麼可能想到這些事情上頭去，美麗的三月天，一切寧靜如常。

當我們撲身向前，匕首出鞘，刺向自由共和的篡位者胸口時，動作要狠、俐落、快如閃電。會成功嗎？這幾天所有事情都放慢了速度，拖拖拉拉，馬虎，鬆懈，元老院一天天將權力釋放出來，凱撒王冠加頂只是時間問題，他不急，關鍵時刻隨時可以出現卻不斷推延，可能是轉機也可能是危機。大家就陷在這泥沼中進退不得，包括我們：我們的計畫爲什麼要等到十五才執行？難道初一不可以嗎？既然都等到今天了，爲什麼不延到四月十五？完全不一樣，受到共和精神薰陶的我們想像中推翻專制君主完全不是那麼回事：此刻跟我一塊兒站在拱門底下的特雷伯尼歐、李卡里歐和德奇歐是我當年的同學，我還記得，我們一起讀希臘史，自我期許將拯救我們的城市脫離暴政：想像中應該更具戲劇性，緊張，漫天火光，人聲沸騰，街頭巷尾浴血死戰，或爲自由或爲獨裁；短暫的戰役結束後，我們這些受到全民擁戴與支持的英雄，以勝利者之姿接受大家的歡呼。都是一場夢：或許將來的歷史學家會說從暴風雨的天色或小鳥的心肝早已看出徵兆，但我們知道那是風和日麗的三月天，偶爾飄落小雨，前一天晚上刮的風掀掉了城郊幾間茅草屋的屋頂。誰會想到我們今天早上要殂殺凱撒（或者神的意旨相反，是凱撒撲殺我們）？誰會相信羅馬的歷史在這懶洋洋的三月天即將改變（變好或變壞，就看那一擊了）？

我擔心的是當我們用匕首指著凱撒的胸口，我們也會有所遲疑，重新評估利弊得失，想聽聽看他怎麼說，再決定如何反駁，於此同時匕首的利刃像狗的舌頭軟軟垂下，如黃油般融化在凱撒雄赳赳的胸膛上。

爲什麼連我們也對自己理直氣壯該做的事感到如此心虛？不是所有人都一再在我們耳邊重複訴說共和自由的神聖不可侵犯性？不是說好我們將以生命捍衛元老院和元老們的權力不受任何野心份子篡奪？而今我們在緊要關頭，所有人，包括元老、護民官，甚至龐培的朋友，還有我們最崇敬的學者馬可·圖利歐，態度皆有所轉變，他們說沒錯，凱撒有違共和制度，放縱老輩將領濫用權勢還說那是他們應有的，但他畢竟有過輝煌的過去，跟蠻族交涉是絕佳人選，只有他能解決共和危機，總之，萬惡中他算是小惡。老百姓就更別提了，凱撒很好，要不就滿不在乎，今天是今年第一個假日有明媚的春光吸引一家大小拎著野餐籃到郊外踏青，空氣清新。或許是我們這些布魯托和卡錫歐的朋友不合時宜；以爲自己會成爲歷史上爲自由而戰的大英雄，奢望人們爲我們設立英勇的雕像，事實上不會有任何雕像，我們的手臂漸漸痲痺，懸在半空中的手警覺地擺出世故的姿態。一切都拖得比預期的久：就連凱撒也遲到了，今天早上大家都不想做事。天空飄過淡淡的雲影，第一批燕子繞著松林俯衝高颺。窄巷裡傳來車輪敲在石板路上和轉彎時刺耳的聲音。

大門那裡發生什麼事了？那群人是誰？就在我分神的時候，凱撒來了！齊伯洛拉住凱撒的長袍，卡斯卡呢，卡斯卡已抽回沾滿鮮血的匕首，大家一擁而上壓住他，一直置身事外好像在想心事的布魯托也衝上前，然後大家全都摔落台階下，凱撒倒地，人群簇擁著我來到他面前，我也舉起匕首，刺，眼前是三月陽光下火紅的羅馬，樹木，不知情的馬車飛馳而過，窗前有女子在唱歌，公告馬戲表演的告示，而我抽回匕首時感到一陣暈眩，空虛，孤單，不在此地此刻，而是幾世紀之後的孤獨，怕沒有人瞭解我們這一刻的舉動，怕他們不懂得重演，怕他們仍然一貫的遠觀、漠不關心，就像這個美好、寧靜的三月天。

# 短篇與訪談

## (一九六八—一九八四)

# 世界的記憶

正因爲這樣，我才請你過來，穆勒。如今我的辭呈批准了，你將會接替我的位子：接掌主任一職的人事命令立即生效。不用裝蒜，傳言早就滿天飛，你自然也有耳聞。再說，我們組織的年輕幹部之中，你穆勒是公認最具實力，可以說，也是知道我們組織所有祕密的人。至少表面看來如此。你讓我說完：不是我要找你來，我也是受上級所託。有幾個問題你大概還不了解，現在是你知道的時候了。穆勒，你跟其他人一樣，以爲我們這個組織多年來一直在籌備成立一個有史以來最龐大的資料中心，整理收集每個人、動物、事物的所有資料，預計要做成一部完整的清册，由開天闢地開始，溯古論今，可說是當代的一部通史，或者這麼說吧，是記錄每分每秒的一本目錄。沒錯，這就是我們的工作，而且成果斐然：全世界所有首屈一指的圖書館、博物館資料，文獻，還有每一個國家的出版報刊，都已經收在我們的卡片裡了，而且分門別類，巨細靡遺。所有資料都經過篩檢去蕪存菁、濃縮、縮小，不知最後變成怎樣；所有影像亦然，製成微膠捲保存，至於錄下來的聲音，都用迷你磁管封起來。我們想要做的是將人類記憶集中，存放在類似我們人腦記憶體那樣盡可能小的空間裡。

我也不需要跟你多說，當年你以〈大英博物館見於一粟〉計畫通過我們的甄試，雖然你的年資尚淺，然而你對我們各工作室的認識不下於自創建以來就擔任主任的我。說眞的，我要是還有力氣的話，是絕不會離開這裡的。可是自從我太太離奇死亡以後，始終心情抑鬱難以振作。上級想要把我換掉——當然也是出於我的意願——倒是無可厚非。所以我現在就要把一直瞞住你的祕密告訴你。

你不知道的是我們這項工程的目的。是爲了世界末日，穆勒。有鑒於地球將會毀滅，將我們所知傳給我們並不知道會是誰、對我們了解又有多少的其他人，不希望這一切化爲灰燼，是我們工作的目的。

要不要來根雪茄？不用多久地球便不再適合居住的預測——至少對人類而言——並沒有嚇到我們。大家都知道太陽的壽命只剩下一半：即使萬事順利，至多再四十億或五十億年，一切將告結束。總而言之，再過沒多久，問題必然開始浮現；時辰將至，我們不能再浪擲光陰了。人類滅絕固然教人沮喪，自怨自艾好比哀悼逝者，不過徒增傷感罷了。（我還是對安琪拉的死難以釋懷，請原諒我的失態。）數以百萬的陌生星球上肯定有與我們相仿的生物，如果說記得我們、承襲我們的是他們的後代而非我們的後代又有何妨。重要的是將我們的記憶，由你穆勒即將接下主任職務的這個組織所寫就的完整記憶，告訴他們。

別怕，工作內容跟你現在的一樣。將我們的記憶傳遞給其他星球是由另一個組織負責，我們做自己的就好，用視覺或聽覺哪一種方式傳播較好也不干我們的事。或許根本就不用傳任何東西出去，只需將其妥善保存在地殼底下就好：我們地球漂流在太空中的殘骸說不定有一天會被其他銀河系的考古學家發現。還有，將來如何解碼也不關我們的事，如何讓不同語系的人也能閱讀我們龐大的資料，已經有一群人在研究了。對你來說，我保證，沒有任何改變，除了你肩負的責任。關於這點，我想跟你聊一下。

人類滅絕之後剩下什麼？關於人類自己和世界數量驚人的資訊，不過既然資訊不可能再更新或增加，所以這個數量是可估的。長久以來，世界都在收集、製造資訊，還有，憑空揑造子虛烏有的資訊：那就是地球上人類的一生、記憶，爲了溝通及回憶所發明的種種。我們的組織就是要保障所有這些資訊的完整，不論其來源。身爲主任必須確保不得有任何疏漏，因爲疏漏就表示沒有發生過。同樣必須留神的是，那些會攪亂或遮蓋本質，也就是說那些不但不能豐富資訊反而製造混亂、雜音的事物我們則要視而不見。重要的是由所有資訊組合而成，藉此可以挖掘出我們不提供或我們沒有的其他資訊的通用模式。總之，某些資訊你不提供會比你提供說明更多的事情。我們工作的總結就是一個模式，在那個模式下一切都是資訊，包括不存在的。唯有那時才知道哪些是存在的，眞正有價值的，或是千眞萬確發生過的事實，因爲我們檔案工作的最後成果是曾經發生過和即將發生的總合，其餘的便不值一提。

當然，工作的過程中難免有時候——穆勒，我相信你也有過——會懷疑，會不會被我們遺漏的才是有意義的，那些走過不曾留下痕跡的才眞正存在過，而我們所記錄的不過是沒有生命的斷簡殘章。打呵欠、蒼蠅倏忽飛過、癢，之所以格外珍貴，正是因爲它們毫無利用價值，偶爾出現隨即被遺忘，躲過被收入世界記憶的單一命運。誰能否認宇宙萬物是由層層疊疊、斷斷續續的刹那拼湊起來的，而我們這個組織經手的不過是一些框住空洞與渺小的照片？

一旦鎖定一樣東西，就想把它存入檔案，這是我們的職業病；坦白說，我就常常會把打呵欠、長癤子、亂七八糟的念頭和空穴來風的消息建檔，然後偷偷放進重要資訊那一格。你即將要接任的主任位置就有這項特權：在世界記憶裡加入個人軌跡。別誤會，穆勒，我不是在教你獨斷獨行或濫用職權，這是我們工作時必然會發生的。密密麻麻冷冰冰、不容置疑的資訊，反而可能製造遠離事實的假象，模糊焦點。假設說我們接到來自另外一個星球的理所當然、事實俱在的資訊，我們根本就不會注意它，甚至視而不見；若有任何不清楚、反常、看不懂的地方反倒可能喚起我們的興趣，進而接受它，理解它。我們要意識到這一點，主管的職責之一，是在各辦公室匯集和篩選過的所有資料中加入些許的主觀，引發一點爭議，啓人疑竇，看起來才不失眞實。交接之前，我要先知會你一聲：截至目前爲止收集進來的資料都有我的介入——自然是不露痕跡的——，有評論、影射，還有謊言。

表面上看來，謊言拒事實於門外；不過你知道往往謊言——好比病人的謊言跟心理醫師的關係——某種程度上說明了事實，未來我們的訊息接收者就會面臨這個情況。穆勒，我跟你說這些不是因爲受了上級之託，這都是我的個人經驗，我是以同事，以人的身分在跟你說話。我告訴你，謊言就是我們要傳達的眞實資訊，所以我並不避諱適度說謊，它不僅不會使訊息複雜化，反而會簡化訊息。尤其是關於我自己的事，我自認爲有權在某些不眞實的細節上作些文章（我不相信會給他人帶來任何困擾）。就拿我和我太太安琪拉的關係來說好了：我是按照我希望的模式去寫的，偉大的愛情，我和安琪拉兩個彷彿永遠的戀人，同甘共苦，海枯石爛，此情不渝。其實事情不完全是這樣的，穆勒：安琪拉是爲了錢才嫁給我，沒多久就後悔了，我們的婚姻是一連串的欺瞞和耍心機。然而這日復一日的生活算什麼？在世界的記憶裡安琪拉是完美無瑕的，而我永遠是人人稱羨的新郎。

一開始我只是想略為潤飾我所經手的我們兩個人的資料，然而我看著眼前對安琪拉的描述（接下來我開始偷窺，進而跟蹤她）越來越離奇、陌生，不由得讓你懷疑她做了什麼醜事。我該怎麼辦，穆勒？任由安琪拉樂天、爽朗、惹人疼愛的美好形象受到侮蔑和抹黑，讓我們無瑕的紀錄蒙上污點？我毫不猶豫，每天銷毀這些資料，還是免不了擔心遺漏了任何不利於安琪拉的蛛絲馬跡，讓人循線追出她——在那曇花一現的一生中——做了些什麼，是個怎樣的人。我鎮日待在工作室裡篩選、塗抹、丟棄。穆勒，我很羨慕，不是羨慕她短暫但奢靡的生活——我反正比不上她——而是資料檔案裡的安琪拉將永垂不朽。

資料檔案裡的安琪拉要保持完美無瑕的首要條件是現實生活中的安琪拉不再繼續混淆她的形象。所以有一天安琪拉失蹤了，任何的搜尋工作都徒勞無功。我也不需要在這裡告訴你我是怎樣一塊一塊肢解屍體的。別緊張，這些細節跟我們的工作毫無關係，因為我在世界的記憶裡永遠是幸福的新郎，之後是你們所認識的鬱鬱寡歡的鰥夫。但我仍然心有不安：資料檔案裡的安琪拉固然永遠存在資訊系統內，難免有些模稜兩可、含沙射影的謊言和推續——因為傳送過程中受到干擾，或有解碼者故意使然——會引人猜想。我決定將所有跟安琪拉可能有過曖昧關係的人的資料全數銷毀。我也很抱歉，此舉使得我們一些同事在世界記憶中失去蹤跡，彷彿他們從來不曾存在過。

你一定以爲我跟你說這些是要讓你跟我同流。你錯了，穆勒。這不是重點。我只是要知會你，爲了讓跟我太太有偷情嫌疑的那些人的資料不被納入世界記憶，我所採取的激烈手段。我並不擔心自己的下場，跟日日在計算的永恆比起來，我的餘生倏忽即逝：至於眞正的我是怎麼回事，我已經都安排好，存入檔案裡了。

如果說世界記憶中沒有任何東西可修改，那麼唯一能做的就是修正與世界記憶相矛盾的事實。既然我將我太太的情夫從檔案資料中刪去，連帶就必須將他從人世間刪去。所以穆勒，我現在只好拿出手槍，瞄準你，按下扳機，把你殺了。

# 砍頭

## 1

我到首都的那一天應該是節慶前夕。大大小小的廣場上都在搭台子，繫上旗子、彩帶和棕櫚葉。鐵鎚敲打的聲音此起彼落。

——是國定節慶？——我問咖啡館老闆。

他指了指身後的一排大頭照。——我們的首領。——他回答說。——是首領日。

我想肯定是爲了公告新選出的首領。——新的？——我問他。

鐵鎚敲打、擴音器試音、吊車豎起支架時發出尖銳的噪音，爲了對方能聽到，我必須儘量簡短，還得用吼的。

咖啡館老闆搖頭：不是新的，已經在位一陣子了。

我又問：——慶祝他們在位滿一週年？

——差不多，——我身邊的另一個客人解釋道。——每隔一段時間就有首領日，現在輪到他們了。

——什麼事輪到他們了？

——上台啊。

——哪一個？舞台那麼多，每個交叉路口都有一個。

——一人一個，我們的首領很多。

——他們上台做什麼？演講？

——沒有，不做演講。

——那，上台以後做什麼？

——你要他們上台做什麼？等一會，準備工作一切就緒後，兩分鐘儀式就結束了。

——你們呢？你們做什麼？

——在下面看啊。

咖啡館熙來攘往：木工，還有從卡車卸下斧頭、圓木樁和籃子的搬運工，都停下來喝啤酒。每次我問一個人問題，總會有另一個人回答。

——所以說有點接近改選，對吧？算是確認他們的任期？

——不對，不對，——他們更正我，——你還沒搞懂！是任期屆滿。他們時間到了。

——然後呢？

——他們就不再是首領啦，下台啦。

——那他們爲什麼要上台？

——在台上才看得清楚頭怎麼掉下來，快刀一揮，撲通一聲，掉進籃子裡。

我大概明白是怎麼回事了，但仍不太確定。——你們是說首領的腦袋掉進籃子裡？大家點頭。——對了，砍頭。砍首領的頭。

我初來乍到，什麼都不知道，也沒看過這方面的報導。

——明天一次解決？

——是禍躲不過。——他們說。——這次首領日剛好是禮拜中間，全市休業。

一位老者很權威地補充說：——果子熟了就該摘，首領的頭就要砍。難道要讓果子在枝頭上爛掉嗎？

木工繼續做他們的工作：有些人釘斷頭台框架，有些人把砍頭時擱腦袋用的木樁固定在柔軟的跪墊前面（還有助手矮下身子伸出脖子，試一試木樁的高度是否剛剛好）；另外一邊還有人在釘類似屠宰場用的、有溝槽可以放血的檯面。斷頭台地板上舖好油布，旁邊也已經準備好抹布可擦拭血花。大家工作的興致都很高昂，有人嘻笑，有人吹口哨。

——你們很高興嘛，這麼討厭他們？這些首領不稱職？

——不是啊，沒有人這麼說。——大家面面相覷頗感訝異。——還可以啊。哎呀，跟其他的比起來不好不壞。反正就那麼回事：首領、官員、主管……等你爬到某些位置……。

——不過，——有人說話了。——這幾個我覺得還不錯。

——我也覺得。我也是，——其他人應和著。——我並沒有覺得不滿意的地方。

——那他們被處決，你們不覺得遺憾？——我說。

——怎麼會？既然同意當首領，就知道結果會是這樣。總不能奢望自己壽終正寢吧！

大家都笑了。——哪有那麼好的事！一個人當官，指揮這指揮那，然後跟沒事一樣，一鞠躬下台回家。

有人說：——要是這樣，我說啊，大家都願意當首領了。我也願意，隨時可以走馬上任，我來囉！

——我也要！我也要！——不少人樂不可支。

——我才不要，——一個戴眼鏡的傢伙說。——有什麼意思？

——對呀。這樣當首領有什麼意思？——有不同聲音介入。——一是明知結果如何做來也無趣，二是……可是不這樣又不行？

戴眼鏡的應該是其中最有學問的人，他解釋道：——所謂權威就是其他人擁有把你送上斷頭台砍你頭的權利，就在不久的將來……。要不是大家對首領有這般的期待，要不是他在任期當中每一秒都在自己的眼睛裡看到這樣的期待，何權威之有？公民制度就建基在這權威的雙重面向上：自有文明以來就是如此。

——可是，——我反駁道。——我可以舉幾個例子……。

——我是說眞正的文明，——戴眼鏡的很堅持。——撇開人類史上曾經有過的一些暴行不談……。

先前那個說枝頭果子的威嚴老者自言自語咕噥了兩句，然後大聲說：——只要頭還留在脖子上就能發號施令。

——您這什麼意思？——其他人問。——您的意思是，假設有首領任期屆滿，舉個例好了，我們要是不砍他的腦袋，他就可以一輩子當頭？

——以前是這樣的，——老者同意。——還沒有明文規定說誰當頭不久之後就要被砍頭的時候。那時誰掌權就緊緊不放……。

我試圖插嘴，舉一些例證，可是沒人理我。

──然後呢？那時候怎麼辦？──大家問老者。

──只好不管他們同不同意，硬把他們推上斷頭台！也沒有固定的日期，大家受不了的時候就幹！這是當年一切還沒有上軌道的事，首領還沒有接受……。

──呵，我們倒想看看他們怎麼不接受！──大家七嘴八舌的。──我們倒想看看！

──事情不是像您說的那樣，──戴眼鏡的傢伙又說話了。──首領並非被迫接受處決的。這麼說有失維繫首領和百姓之間實質關係的我們制度的眞意。只有首領會被砍頭，所以不能說光想當首領卻拒絕接受斧頭。唯有有使命感、在坐上權力位置之初就當自己已經被砍頭的人才能成爲首領。

咖啡館的客人漸漸散去，各自回到自己的工作崗位。我發現那個戴眼鏡的男人對著我一個人繼續說。

──這個期待，──他說。──就是權力。一個人所享有的權威不過就是斧刃劃過空氣的聲音，乾淨俐落的一揮，所有掌聲不過是那迎接腦袋瓜滾在油布地板上所響起的最後掌聲的開始罷了。

他摘下眼鏡用手帕擦拭，我這才發現他已淚水盈眶。他付完啤酒錢就走了。

咖啡館老闆湊近我的耳朵說：——他也是其中一個，——他說。——你看，——從吧台下面搬出一疊照片。——明天我就要撤下牆上那些換上這些。——最上面那幅就是那個戴眼鏡的男人，證件照放大後顯得粗糙。——他被選出來接替卸任的那些人。明天上任。現在輪到他了。我覺得他們在前一天這樣跟他說不太好。你聽到他說話的語氣了？明天他會親眼目睹行刑，彷彿參加自己的死刑。頭幾天他們都是這樣的啦，語出驚人，慷慨激昂，以爲自己是誰！「使命感」，口氣可眞大！

——接下來呢？

——跟大家一樣，冷靜下來。要做的事情那麼多，沒時間多想，直到屬於他們的首日來臨爲止。其實誰又能看透他們的心事呢？假裝沒事罷了。再來一杯啤酒？

## 2

電視改變了許多事情。曾經，權力遙不可及，是抬頭挺胸高高站在舞台上的人物，要不就是約定俗成的威武肖像，那是惡表現在血肉之軀的個人身上權威的表徵。今天因爲電視，政治人物的形象十分親切、親近；他們在螢幕上被放大的臉，日復一日造訪每戶人家；大家安安穩穩地坐在沙發上，放鬆，連最細微的線條抽動都看在眼裡，受鎂光燈刺激眨個不停的眼睛，不時緊張舔嘴唇……尤其是在莊嚴和輕鬆場合大量曝光、或發表演說或神情凝重的臉上焦慮的痙攣，藏也藏不住：在那一刻，比起任何時候，老百姓分外覺得領導人是自己人，始終是屬於自己這邊的。其實早在幾個月前，每次看到他出現在小小的螢光幕上執行例行任務──像破土典禮、頒贈獎章、或只是在下飛機時揮揮手──就在研究那張臉可能會有的痛苦表情，試著想像臨死前承受的劇痛，從他的演說、舉杯、腔調猜測最後掙扎喘息的聲音。公眾人物在大眾面前的權威就在於此：他的死是公開的，我們一定會全程參與，大家一起，所以只要他活著就會被我們的切切期待和關心所包圍。至於以前公眾人物無聲無息的死是怎麼回事，我們已經無從知悉；今天聽他們說起以前某些制度稱爲民主，實在令人發噱；對我們而言，民主是當我們確定某一天攝影機會完整拍下我們領導人的彌留時刻才開始的，節目進入尾聲時（很多人已經把電視關了），新人走馬上任，留在任期上（活著）差不多一樣的時間。我們知道在其他時代，權力輪替多奠基於暗殺，而被殺害的對象除了少數例外，都是陪襯、無名、身分不明的人士；事件多被隱瞞、視而不見，或以似是而非的理由評斷。此一突破使角色不斷互換的劊子手與被迫害者合而爲一，心中恨與寬恕的界線亦隨之消弭。近鏡頭中大開的下頦、漿過的領子下賁張的頸動脈、高舉的手搓揉撕扯掛滿勳章的胸口，都一一呈現在數以百萬的觀衆眼前，大家有如觀看星體週期運行，毫不動情，表演越引不起我們的興趣越覺得安心。

## 3

你們不會現在就想殺我們吧？

這句話由維奇利．歐席波維克口中說出，莊嚴的聲音中帶有微微的顫音，雖然維持了討論過程中尖酸的激辯語氣，「正義之聲」大會緊繃的情緒仍然被中斷。維奇利是指導委員會中最年輕的幹部，上唇覆蓋著細軟的汗毛，一綹金髮垂在他長長的灰色眼睛前面，從過短的罩杉袖子伸出來、關節通紅的手，將炸藥裝到沙皇座車底盤下時，連抖都沒有抖一下。

基層的激進份子坐滿了這低矮、煙霧瀰漫的地下室，也有人坐在長條板凳或小凳子上的，有人蹲在地上，其他人則雙臂交叉倚著牆站。指導委員會坐在房間正中央。圍著桌子坐的八個年輕人傴著身子埋首紙堆中，好像準備夏季考試正在做最後衝刺的學生。他們既不轉身、也不抬頭，就這樣坐著回答大家從四面八方湧至的問題。忽然會中掀起一波波或同意或抗議的聲浪——而且許多人站了起來向前移動——往桌子逼近，把指導委員會都給淹沒了。

秘書長李伯利．塞拉皮歐諾維奇已經多次喊出化解僵持不下的紛爭時最常用的口號：——同志如果分化，敵人勢必結合！——而大會以震耳欲聾的聲音回應：——頭留在頸上直到勝利時刻，勝利和榮耀的第二天就可掉落！——這是「正義之聲」的成員每一次要跟他們的領導幹部說話前的例行喊話，就連幹部之間也以此作爲問候語。

「正義之聲」是在獨裁政府和政務會瓦解之際，爲建設一個平等社會而戰的組織，認爲權力應藉由定期暗殺選出來的領導而得到輪替。組織的綱領是必須絕對服從領導的指示，皇家警察施壓越重執行就越嚴格；而且其理論無時無刻都在提醒：唯有放棄隨權力而來的特權，視自己爲入土死人，才能擔起領導的重任。

這些年輕的幹部對自己的未來並未有什麼美好的憧憬：此刻滿腦子只有替換將領速度越來越快的沙皇所施的高壓手段；被逮捕和送上絞刑架的危險日趨眞實，因爲他們的理論漸漸成形。輕蔑地做個鬼臉，將他們教義中也算是重點的部分拋在腦後。這一切那些基層成員都知道，領導幹部的風險與爲難他們都看在眼裡，也理解其想法，卻依然對現階段已擁有權力或未來會擁有權力的執法者的黑暗面有所質疑，卻又不知如何表達，只好在召開大會時擺出一副傲慢態度，不時狀似威脅地逼近領導幹部。

——只要我們的敵人還是沙皇，——維奇利・歐席波維克說，——誰要想跟沙皇合作就犯了大錯。——這句話引起大家的不滿，議論紛紛。

有人緊緊握住了維奇利・歐席波維克的手；挨著他腳邊坐在地上的是艾芙葛妮亞・愛帕拉莫芙娜，雙膝縮在百褶裙內，紮在腦後的馬尾巴沿著臉龐垂下來像一溜黃褐色的毛線。艾芙葛妮亞順著維奇利的靴子抬起手來，先是輕輕掠過年輕人拳頭緊握的手背彷彿在安慰他，然後用尖銳的指甲來回刮到出血。維奇利意識到那天的大會要做出一個跟他們領導階層直接相關的決定，稍後就會揭曉。

——同志們，該記得的，——委員會裡最年長、溫和的伊聶提・阿波羅諾維奇出面安撫大家的情緒。——我們之中沒有人會忘記……，偶爾提醒大家一下是對的……不過，——在鬍子的掩護下冷冷一笑。——已經有卡利欽伯爵，以及他馬隊的蹄聲無時無刻都在提醒我們了……。——他指的是不久前在馬內九橋屠殺他們抗議隊伍的皇家軍隊指揮官。

不知道從那裡冒出來一個聲音打斷他的話：——說大話！——伊聶提・阿波羅諾維奇亂了思緒。——怎麼說？——有點莫名其妙。

——你以爲只需要在記憶中捍衛我們的教義就夠啦？——激動的新成員中很顯眼的一個

瘦高個從另外一邊喊話。——你知道爲什麼我們的教義不會跟別的組織相混淆嗎？——我們當然知道。因爲那是在取得權力後唯一不會被權力腐化的教義！——埋首在文件中，被稱爲「思想家」、頂個光頭的費米亞喃喃自語道。——爲什麼要等到取得權力的那一天，——瘦高個堅持道。——才付諸行動呢？——現在！就在這裡！——喊聲四起。外號「三個瑪麗亞」的瑪麗安哲夫姊妹委婉地說：「借過！借過！」，繞過一張張長凳向前走去，長長的辮子不時互相勾到。她們手中帶著桌布，嘴裡哼著小曲，推開其他人，像是準備在她們伊茲麥依洛夫家中陽台上辦酒會的樣子。

——我們的教義是有所不同，——瘦高個繼續。——那就是可以用一把快刀在我們敬愛的領導人身上劃兩刀！

椅子有的倒有的移，許多人站了起來往前擠。擠得最凶，嗓門最大的是女人：——喂，大家坐下來呀！我們也要看！好過分，我的天啊！這裡什麼都看不到！——她們短髮戴頂鴨舌帽、屬於老師的臉在男人的背後出現，一副無畏無懼的樣子。

唯一能讓維奇利有所動搖的就是女性表現出的任何敵意。他站起來，吸著手背上艾芙葛妮亞抓出的血跡，衝口而出說了那句話：——你們不會現在就想殺我們吧？——然後門一開進來一群穿白衫的人，推著幾輛擺滿外科手術用工具的推車。那一瞬間大家的態度都變了。七嘴八舌地說：——沒有啦……誰說要殺你們了？……你們是大家的領導……我們對你們只有尊敬……沒有你們我們要怎麼辦？……還有那麼長的路要走……我們會永遠在你們身邊……。——瘦高個、三姊妹，所有那些先前還在叫囂的人全都反過來安慰幹部，信誓旦旦，近似袒護。——這沒有什麼啦，可是意義非凡，喔對，當然會有點痛，不過這樣就確認你們是領導嘍，我們衷心擁戴的領導，只是小小的截肢，一眨眼的事，偶爾爲之，這點小傷口你們應該受得住吧？否則怎麼區分我們組織的領導有誰呢，對不對？

所有領導委員會的人都被十來隻粗壯的手臂壓住動彈不得。桌上擺了紗布、裝棉花的小盆子及手術刀。房間內瀰漫著乙醚的味道。三姊妹動作簡潔俐落，彷彿個個有備而來。

——現在有請醫生向各位解釋一下。托亞！

始終沒從醫學院畢業的安納托亞・斯匹李迪歐諾威奇走了出來，戴好淡紅色手套的手擱在他臃腫的肚子上。托亞是個怪人，或許是爲了掩飾自己的膽怯，歪嘴斜眼先做了一個鬼臉，又不停地要嘴皮。

——手……嗯，小手……手是有握執力的器官……，嗯……非常有用……所以有兩個……，至於手指嘛，一般來說是十隻……，每一指有三節骨頭，也稱指骨……，我們是這麼叫的……指骨、小指骨……。

——好了！你很煩耶！又不是叫你來上課！——大家都不耐煩了。（托亞人緣並不好。）

——言歸正傳！快！動手吧！

維奇利是第一個被帶上來的。當他了解他們只是要切掉他無名指第一節的時候，勇氣大增，一聲不吭忍住了痛楚。其他人則大嚷大叫，得好幾個人才能制服，好在後來不少人都昏倒了。截指的部位因人而異，最重要的幹部最多也只切除兩節指頭（其他的指頭要保留到日後再切，因爲這個儀式會在將來重複舉行）。失血比預期的多，三姊妹專心在擦拭切下來的指節在桌上並排成列，有如岸邊被魚鉤串住下巴的小魚。不一會兒就變乾變黑，經過短暫的討論是否有用盒子保存起來的必要後，被丟進了垃圾桶裡。

截指制度十分成功。身體小小的殘缺對士氣卻有莫大的提振作用。領導幹部的威信隨著定期截指與日俱增。每當路障上方舉起一隻十指不全的手，示威群衆便喊聲震天地將槍騎兵隊團團圍住，教他們殺不出去。歌聲、槍聲、馬嘶、吶喊，「正義之聲！」，「處死沙皇！」，「勝利和榮耀的第二天就可掉落！」的呼喊處處可聞，還越過護城河直達聖彼得堡，就連關在地牢中的同伴都聽到了，用手銬腳鐐拍打應合，將斷臂殘肢伸向鐵窗外。

## 4

那些年輕的幹部每一次抬手簽署文件或演講為強調某一句話作手勢時，就會看到斷指，往事立即浮現眼前，同時聯想到領導者和日子不多了之間的關係。這個方法好就好在實際：斷指可以由學生或護士在臨時的開刀房完成，也不需要準備特殊儀器；若是被警察循線查獲或逮捕，犯下截肢罪罪名不算重，至少比如實執行教義要求可能被判的罪要輕得多了。那依然是一個領導者被殺無法為當局或大眾所接受的時代，執行者會被當成殺手判刑，栽贓說他的動機是報復或奪權。

有不同領導人、成員不時換人的每一個地方組織或團體各有所屬的自殘規則，有固定的時間、身體部位，定期購買消毒用品，光憑某些專家的建議，就自己動手下刀。有點類似自清委員會，對集中在領導階層手中的政治決策不具絲毫影響力。

當領導幹部的手指開始不夠用的時候，只好研究其他變通辦法。最初大家想到舌頭：除了可以只割除一小塊或僅止纖維組織這類的好處以外，其象徵意義更受人矚目：每一刀都會直接反映在發音以及說話能力上。不過第一技術困難，再加上這個器官的複雜程度遠超乎想像，試過幾次後，舌頭就被放棄了，轉而尋找其他顯而易見又不那麼麻煩的可能：

耳朵、鼻子、牙齒（至於睪丸切除雖然沒有完全被排除，但儘量避免，因爲會讓人聯想到性）。

要走的路還長呢。革命的鐘聲尚未響起。組織的領導幹部始終擺脫不掉手術刀的陰影。什麼時候才會掌權？雖然等了許久，他們並沒有讓寄託在他們身上的希望落空。我們可以看到他們在宣示就任的那一天走在旗幟飄揚的路上：尚有一腿完整的人，拖著另外那條木腿蹣跚走著；還有手的，推著獨輪推車前進；臉也藏在飾有羽毛的面具後面，好遮掩那令人作嘔的殘缺面容；有人現寶似地高舉著自己連髮一起割下的頭皮。那一刻終於釐清，唯有殘存的肉身才能體現權力。如果還有權力。

# 邪惡之家失火記

待會兒保險公司的史克勒就要來問我實驗室結果了，而我還沒將排列組合輸入可以讓羅斯勒寡婦的祕密和她那僅供棲身之所瞬間就灰飛湮滅的電腦裡。原本矗立在鐵路交會和廢鐵廠之間，彷彿城市郊區清掃時不經意留下的垃圾累積而成、零零落落的山丘上的房子，如今只剩一片焦黑。當初可能是棟華宅，也可能是間陰森森的陋屋，保險公司的報告中並未提及，反正都燒了，現場傾斜的屋頂，以及四具燒焦的房客屍體，無法提供任何線索以重建這棟失火的獨棟房屋資料。

屍體乏善可陳，倒是斷壁殘椽間找到的一本內頁全毀、封面則在塑膠襯保護下依舊完好的記事簿有話要說。書扉上寫著：發生在此屋內的種種邪惡行為報告，反面則有分十二項按字首順序排列的目錄：刀殺、毀謗、下毒（嗑藥）、迫使自殺、綑綁及堵嘴、以槍脅迫、賣淫、勒索、色誘、偷窺、勒斃、強暴。

不知道是哪一個人記下這邪惡的筆記，也不清楚其目的爲何：告發，懺悔，自我辯護，還是沉溺在使壞的快感中？我們僅有的是這既無主謀也無受害者姓名的十二項目錄——是罪狀，還是罪犯？——，多少可以幫助我們了解事情始末的它們發生的先後順序亦付之闕如：按字首排列的十二個項目的頁碼被黑筆塗掉了。還有，這十二項中獨獨少了一項，放火，正是種種不幸遭遇的最後一擊：是誰幹的？爲了隱藏，爲了滅跡？

即使我們假設這十二項行爲是單獨某一個人向另外單獨某一個人所爲，重新模擬事件經過也是難如登天：如果說牽涉到四個人，兩個兩個一組，那十二項索引每一項都可以獨立發展出十二份不同的報告。也就是說答案是十二的十二次方，得在八兆八千七百四十二億九千六百六十七萬兩千兩百五十六種的可能組合裡面找答案。所以我們忙碌的警察宣佈結案存檔實不爲奇，他們的理由是且不論究竟犯下多少罪行，確定的是兇手和被害者已同葬火窟。

急於想知道事實眞相的是保險公司：主要是爲了屋主投保的火災險。現在年輕的伊尼苟也命喪火窟使得問題更爲棘手：出身世家，雖然這個不肖子已被家族除名，不列入遺產分配名單，不過衆所皆知屬於他的東西他是不會輕言放棄的。最糟的結果（大概就是那些邪惡的索引吧）可能要把帳都算在這位年輕、曾頂著顯赫頭銜流連在各廣場階梯揮霍那放浪形骸無所事事的青春、在公共噴泉下洗頭的名門之後。租給房客羅斯勒寡婦的那間屋子是他僅存的不動產，而且還反過來被他的房客收留，交換條件是給已經很低廉的房租再打一個折扣。萬一縱火的人是伊尼苟，以他一貫散漫、粗心大意的行事風格策劃並執行這次犯罪事件，成爲主謀兼被害之預謀罪名成立，保險公司就不用賠償了。

不過這場火保險公司要賠償的還不止於此：羅斯勒寡婦多年來都有保壽險，受益人是她的養女──只要翻開服裝雜誌就都看得到的名模特兒歐吉娃。歐吉娃也葬身火窟，同樣付之一炬的還有將她那令人看了覺得毛骨悚然的美麗臉龐──怎麼一個漂亮、千嬌百媚的年輕女性兩頰如此凹陷？──妝點得千變萬化、教人目不暇給的上百頂假髮。可是歐吉娃有一個三歲大的兒子，寄養在南非的某個親戚家，這些人自然不會坐視保險金過門不入，除非能證明羅斯勒寡婦是被歐吉娃殺的（刀殺？勒斃？）。此外，歐吉娃給她那上百頂假髮也保了險，所以小孩的監護人還有另外一筆賠償金可以領，除非歐吉娃是火災的罪魁禍首。

火災中喪命的四個人當中，關於體格壯碩的摔角選手貝林多・克德，我們知道的是羅斯勒寡婦對他而言不僅是一個勤快的房東（貝林多是唯一付錢的房客），也是一位有遠見的經紀人。最後這幾個月，老太太除了資助這位前重量級冠軍巡迴比賽的費用，還幫他萬一生病或身體不適或遭逢變故致使他無法出賽影響到合約投保了意外險。現在摔角主辦單位要求保險公司就其損失進行賠償，不過要是老太太用毀謗或勒索或下毒（嗑藥）的手段，使克德不得不選擇自殺（他在國際比賽中以性格衝動聞名），那保險公司就可以讓他們無話可說了。

我無法控制我的思緒一點一點推演每一個假設，在事件過程的迷宮中穿梭，這一切電腦只需要電光石火的剎那。史克勒是要我的實驗室給他一個答案，不是我。

這四個不幸的傢伙每一個都有可能是那目錄中某些項目的主謀，以及其他項目的受害者。誰又能擔保表面上看起來最不可能的不會是最值得追查的？就拿那十二項之中算是最無傷大雅的色誘來說好了。誰色誘誰？我套用我自己的公式凝神細想：一幅幅畫面接踵而來，像萬花筒散開又重聚。我看到那模特兒塗著綠色、紫色蔻丹的玉蔥般手指拂過衣衫襤褸的公子哥鬍渣叢生、心事重重的下巴，或搔著摔角冠軍結實、蠻橫的後頸讓他舒服到像貓打呼嚕時弓起三角肌。可是我也看到歐吉娃陶醉在重量級選手公牛般的奉承裡，或在走上歧途的年輕人熱情的注視下忘我。同樣我也看到羅斯勒寡婦在或有稍減但並未完全熄滅的慾望驅使下梳妝打扮，準備向兩位男士之一（或者雙管齊下）下手，或許塊頭不同將遭遇不同的抵抗，但意志的薄弱應該不分軒輊。或者羅斯勒寡婦自己是墮落的受害者，因爲年輕的慾望不分季節蠢蠢欲動，因爲一些曖昧的期待。最後的畫面則是所多瑪和蛾摩拉，同性之間的愛熊熊燃燒。

會不會比較凶殘的項目其組合範圍就有所縮小？未必：誰都可以用刀把另外一個人殺了。貝林多・克德被人用刀鋒刺進後頸切斷脊髓，彷彿擂台上的表演。利落揮刀的可能是歐吉娃手鐲叮噹作響但冷血的纖細手腕；或者是伊尼荀漫不經心用手指頭夾著刀尖搖晃，然後像擲飛鏢那樣抛出去不其然射中了靶心；也或許是房東馬克白夫人的魔爪到了晚上拉起房間的窗簾，再捂上睡夢中的臉。在我腦中翻騰的畫面還有：歐吉娃或羅斯勒寡婦像割斷小羊的咽喉那樣對付伊尼荀；伊尼荀或歐吉娃搶過原本在老太太手中切火腿的刀，就在廚房裡將她分屍；羅斯勒寡婦或伊尼荀像外科醫生般解剖光著身子奮力掙扎的歐吉娃（遭綑綁且堵住了嘴）。至於貝林多，如果那把刀落在他手上，如果剛好他那個時候失去耐性，譬如說有人逼他去對付另一個人，把大家全都大卸八塊對他來說是小事一件。只是貝林多何必用刀殺呢，明明在目錄裡面，還有他的神經中樞都有勒斃這兩個字，不是更符合他的個人條件和平日的訓練嗎？而且，就這個動詞，他只會是主詞而非受詞：我倒想看看另外三個怎麼勒斃這位重量級選手，他們細弱的手指掐不掐得住那粗如樹幹的脖子我都懷疑！

所以關於這一點電腦程式也不能忽略：貝林多與其用刀，寧願勒斃，而且不是被勒斃；只有在槍的威脅下才能讓他束手就擒被綑綁並堵上嘴巴，一旦被綑又無法求救就只好任人擺佈了，甚至被虎視眈眈的寡婦或冷若冰霜的模特兒，或怪里怪氣的落魄公子所強暴。

我們就來排列先後順序吧。有人在槍的威脅下才會遭另一人綑綁且堵住嘴巴，先綁人再拿槍威脅顯然有違常理。如果說明明已持槍威脅，結果用刀殺人或勒斃對方豈不是自找麻煩、多此一舉。成功色誘心儀的對象到手就無須再強暴對方，反之亦然。若有人役使某人賣淫，必定是之前已色誘或強暴過對方，逆向操作不過白白浪費時間和精力。有人可以偷窺另一人之醜事進而勒索，但若是已經以此毀謗污蔑對方就達不到恐嚇目的了；所以說毀謗者無須偷窺，也不具備勒索的工具。用刀殺了一個人，不能排除他另外有勒斃、或迫使他人自殺的嫌疑，但這三種手法是不可能施展在同一個人身上的。

按照這樣的邏輯推演，我就能寫出我的電腦程式：建立一套刪除系統，借此實驗室可以過濾掉數十億不合理的推測，減少合乎情理的組合數字，趨近應該是事實的解答。

做得到嗎？我試圖寫出一個代數程式，使因及果可以隱姓埋名、彼此互換，讓盤旋在我腦中的那四個人的臉和手勢速速遠去；我有一點太過融入他們的角色，眼前不時會出現如電影般淡出淡入的畫面。下毒或許是牽動其他環節的主環：我立刻聯想到出身名門的伊尼苟那個小白臉，將下毒改成反身動詞嗑藥並不會讓事情惡化，伊尼苟嗑藥是極爲可能的，反正不關我的事；只是說下毒這個及物動詞牽涉到有人下毒而有人中毒，後者或知情或不知情，不然就是被強迫的。

伊尼苟自己嗑藥還把其他人拉進來也不是沒有可能；細細長長的香菸由他手上又傳到歐吉娃或羅斯勒寡婦手上。是這位年輕貴族把小屋變成飄飄欲仙、呑雲吐霧的毒窟嗎？還是老太太設好的圈套，想利用他神智不清的時候下手？或許是歐吉娃供貨給有癮的羅斯勒寡婦，伊尼苟偷窺之下發現了老太太藏貨之處，遂闖入以槍威脅或勒索，羅斯勒向貝林多求救，毀謗伊尼苟說他誘姦歐吉娃並強迫她賣淫，純情的摔角手便勒斃伊尼苟報仇，事情至此老太太爲了自保，出言相激企圖逼貝林多自殺，反正有保險公司會負責賠償，貝林多則一不做二不休強暴歐吉娃，把她綑綁起來堵住嘴巴，再放一把火結束她的生命。

慢，慢：我又不用跟電腦比快。毒品也可能跟貝林多有關：摔角手年老體衰，沒有興奮劑根本就上不了擂台。是羅斯勒寡婦用湯匙一勺勺餵進貝林多嘴巴裡。伊尼苟從鑰匙孔偷看到，服用心理藥物已上癮的他現身要求分一杯羹遭到拒絕，以讓貝林多退出冠軍賽爲要脅勒索摔角選手；貝林多將他綑綁起來堵住嘴巴，以幾塊金幣賣（淫）給爲捉摸不定的貴族後裔瘋狂許久的歐吉娃；性冷感的伊尼苟只有在勒斃窒息邊緣才會有反應，歐吉娃用尖細的手指掐住他的頸動脈，或許貝林多也出手幫忙，只需伸出兩根指頭，小王公便兩眼一翻、一命嗚呼了。屍體怎麼辦？爲了假裝是自殺所以他們用刀砍他……。停！程式要重寫：我得把中央記憶體中原先設定的被勒斃者不會被刀殺的部份刪掉。消磁再錄；我開始冒汗了。

重來一遍。我的顧客期待我給他什麼呢？將一定的資料按邏輯順序排好。我手上操控的是資訊，不是心善心惡的人類。爲了某些與我無關的理由，我接觸到的只有惡，而電腦得將這些惡整理出來。也不是惡本身，惡是不能排序的，要排序的是惡的資訊。根據邪惡行為目錄裡的這些資訊，我得重建一份已毀的報告，眞僞不論。

報告既然存在就表示有人撰寫。只有重建報告內容，我們才能知道作者是誰：不過我們大概已經可以確定作者的一些資料。他不可能被刀殺或勒斃，因爲無法將自己的死亡載入報告中；至於自殺，說不定是完成筆記──心血結晶前的決定，之後再付諸行動；但認爲他人乃蓄意迫使自殺者是不會自殺的。每一次將筆記作者從受害者名單中剔除，他是兇嫌的機率就增加：所以他可以同時是惡及惡的資訊的作者。這不影響我的工作：惡與惡的資訊在付之一炬的筆記和電腦資料中是相吻合的。

記憶體還儲存了另外一組跟第一組有關的數據：史克勒共簽了四分保單，一是伊尼荀，一是歐古娃，兩份是羅斯勒寡婦買的，爲自己，還有貝林多。或許在邪惡行為與保險之間有什麼關係，光電管得蒙著頭在這些資料的小小縫隙中尋找答案。包括那些變成二元碼的保險資料，也喚出我腦中一連串的畫面：天色已黑，有霧，史克勒按下山丘小屋的門鈴，羅斯勒寡婦彷彿對待新房客那樣熱情款待，他從公事包取出保險介紹。他坐在客廳，喝著茶，是否一口氣就簽下四份保單並不清楚，他要做的是跟那個家和四個房客建立家人的情誼。我看到史克勒幫歐吉娃梳理她收藏的假髮（而且嘴唇擦過模特兒未施脂粉的頰）；看到他如醫師般堅定，如兒子般殷勤地握住老太太軟軟的蒼白手臂用血壓計幫她量血壓；看到他以房子維修的話題親近伊尼荀，告訴年輕人哪些開關故障，承重樑有塌陷的跡象，慈父般阻止伊尼荀咬指甲；還有，跟貝林多一起看體育報，拍著摔角手的肩膀預測比賽結果。

老實說，這個史克勒我一點都不喜歡。凡是他經手的事情就變得很複雜，要是他對羅斯勒寡婦家這麼有影響力，瞭若指掌，常適時出現解圍、打圓場，凡在那屋裡發生的事都逃不過他的眼睛，又何必來找我尋求謎底呢？他爲什麼要把那本面目全非的筆記帶給我？是他在廢墟中找到的嗎？是他把種種無可挽回的醜陋情事帶進那屋子，現在又輸入我的電腦嗎？

羅斯勒寡婦房子失火的當事人不是四個，是五個。我把史可勒的資料化爲數元加入資料庫。那些邪惡行爲可以出自他人之手，也可以是他下的手：他說不定曾經刀殺、毀謗、下毒，或更有甚者，強迫賣淫、勒斃等等。排列組合數目持續增加，或可一窺端倪。在完全假設的情況下，我可以把一切罪行都算在史克勒頭上，在他踏進小屋之前那兒一派恬靜、無邪：摔角手爲了有更佳的音響效果，特地把鋼琴搬到另一個房間讓羅斯勒老太太彈奏浪漫曲給大家聽，歐吉娃給牽牛花澆水，伊尼苟則在歐吉娃的髮際畫上了一朵牽牛。門鈴響了：是史克勒。要租房子嗎？不是，他拉保險：有壽險、意外險、火災險、動產和不動產險。條件優渥，史克勒請大家考慮看看；他們考慮，思考一些之前從來沒有想過的事情，慾望被撩起，開始在腦中盤旋起伏……。我知道我正以主觀偏見影響客觀作業。這個史克勒，我了解他嗎？或許他天性純良，是整個事件中唯一的好人，而結果將證實羅斯勒是一個吝嗇、唯利是圖的老太太，歐吉娃是冷漠的自戀狂，伊尼苟沉醉在自己的內心世界裡，貝林多除了靠肌肉沒有選擇……。是他們去找史克勒的，大家各懷鬼胎要算計另外三個人，還有保險公司。史克勒是羊入虎口。

機器停了。中央主機察覺到有錯誤；刪去重來。這個故事裡沒有無辜待救的人。再來一遍吧。

按門鈴的不是史克勒。外面下著毛毛雨，有霧，看不清楚來訪者的臉孔。走進玄關，脫掉淋濕的帽子，解開羊毛圍巾。是我。自我介紹，我是威瑪，電腦程式設計分析師。羅斯勒太太，你氣色很好耶。沒有，我們以前沒有見過，不過我有各位的類比數位資料，所以我對你們四位可以說知之甚詳。別躲啊，伊尼苟先生！呵，摔角手貝林多不減往日風采！那個在樓梯上探望、一頭紫色長髮的可是歐吉娃小姐？你們都到齊了，很好，我來的目的是這樣的。我需要你們的協助，你們，就是你們，幫我完成害我困坐在電腦前面多年的計劃。我的上班時間都在處理外面接的案子，到了晚上我則閉門研究一份可以將人類情感——侵略、好利、自私、惡習——轉化成為宇宙謀福利的圖表。意外災難、消極心理、變態行爲，總而言之人類進程無須引發全面的毀滅，大可以建立和諧秩序……。這間房子是證明我正確與否的理想園地，所以我要請各位接納我，把我當作你們的室友、朋友……。

房子燒了，人也都死了，但我可以在電腦記憶體中將事件做一個不同的排列，將我自己，威瑪程式輸入其中，使人數增加到六人，拓展排列組合新的疆域。小屋自廢墟中重生，原本的住戶也重新活過來，我帶著我的小皮箱和高爾夫球具出現，要求租一個房間……。

羅斯勒太太和其他人一言不發地聽我說。心有疑慮。懷疑我是保險公司的人，是史克勒教我來的……。

他們的懷疑並非空穴來風。沒錯，我是爲史克勒工作。極可能是他要我接近他們，研究他們的一舉一動，預防他們壞心眼造成的後果，統計他們的慾望、衝動、討好並分類，然後存入電腦中……。

但是，如果這個威瑪—程式根本是史克勒—程式的翻版，將它輸入電腦迴路只是白費力氣。史克勒和威瑪必須是對立的，他們兩個決戰的結果，就是謎底之所在。

下著毛毛雨的夜晚，兩把雨傘在生鏽的鐵橋上擦身而過。橋的那一端是以前的郊區住宅區，而今只剩下一棟摧枯拉朽的破房子還屹立在被廢棄汽車包圍的山丘上。在霧中，羅斯勒太太的小屋窗戶透出隱隱的光，彷彿得了近視眼般朦朧。史克勒和威瑪彼此還不認識，在雙方互不知情的情況下繞著房子打轉。誰會先採取行動呢？毫無疑問保險業務員有優先權。

史克勒按了門鈴。「抱歉打擾你們，我們公司正在進行一項關於災難地點認定的研究。這棟房子被選定爲範例。各位如果同意，我會將大家的行爲列入觀察。希望不會太打擾，只是偶爾要請各位塡一些表格。我們公司爲了答謝各位，將提供各種條件優渥的保險：壽險、不動產險……。」

四個人靜靜地聽著；每個人都在盤算如何搶得先機，有計劃正在醞釀中……。

史克勒說謊。在他的計劃中已預知那四個人會做什麼。他有一本筆記本上面列舉了一堆暴力或取巧行爲，只需要確認可能性有多少。他早就知道會發生一連串的蓄意犯罪事件，而保險公司無須理賠，因爲受益者會互戕。這些推測都是實驗室推算的結果：不是我的，我必須假設有另外一位程式設計師的存在，是史克勒的同謀。陰謀的構思過程是這樣的：電腦收集具有暴力和欺詐傾向的市民資料，這樣的人成千上百，經過制約和操控，他們變成保險公司的客戶，投保所有可以保的東西，然後發生一連串的蓄意犯罪行爲，互相殺害。保險公司事先就準備好對自己有利的證據，由於做壞事的人通常會做得過火，結果隨事件牽扯出一大堆無關緊要的資料會變成保險公司逃避責任的煙幕彈。事實上，這之間的平均係數都已經計算過了：並非目錄上所有的邪惡行爲都在事件中發揮作用，有些只是爲了擾亂視聽。羅斯勒太太事件是史克勒的第一次實驗，等這次成功後，他再去找一個完全不知情的程式設計師，看他是否能由結果推出緣由。史克勒將所有資料和一些製造障礙、破壞資料品質的雜訊一股腦全交給第二個設計師：投保人的預謀犯罪將一覽無遺，保險業務員耍的詭計則否。

第二個程式設計師就是我。史克勒這招很高明。現在清楚了。程式早已設定，房子、筆記本、我的分析圖表和我的實驗室不過是按他的計劃行事。而我傻傻坐在這裡輸入──刪除已成定局的故事資料。把我自己放進去也是徒然：威瑪不會去造訪那戶位在山丘上的家，不會認識那四個人，也不會是（如我期望的）色誘這個行爲的主詞（受詞是歐吉娃）。或許史克勒也只是被利用來做輸入─刪除的工作，主事者另有其人。

兩軍對陣，獲勝的不是打得比較好的那方，而是知道敵方該怎麼做才會贏過自己的那一方。我的電腦將對方玩的把戲存入資料檔：所以對方贏囉？

門鈴響了。在我去開門之前我得先算一下當史克勒曉得他的計劃已經被拆穿之後的反應爲何。我也被史克勒說服買了一份火災險。史克勒已經想好把我殺掉然後放火燒掉實驗室：控訴他的證據將付之一炬，結果會顯示是我爲了縱火而葬身火窟。我聽到警鈴大作的消防車正在靠近，是我及時打電話通知他們來的。打開手槍的保險桿，現在我可以開門了。

# 加油站

我應該早一點想到，現在太晚了。已經過了十二點半，我忘了加油，而加油站要等到三點才開。每年自地殼下埋在砂土層間的岩石隙縫中開採出兩百萬噸有數億年歷史的原油。我如果現在出發很可能會在半路上拋錨，指針顯示油箱進入備用狀態已經有好一陣子了。全球地底下的儲油量最多還可以供應二十年也已經詔告世界好一陣子了。我應該早一點想到，老這麼後知後覺：儀表板亮起小紅燈的時候我沒注意，要不就是愛拖，跟自己說還有那麼多備用油可以跑，結果就忘記了。不對，這好像是以前才會做的事，不在乎，忘記，以爲汽油跟空氣一樣是用不完的財富的時候。現在每一次警示燈亮起都讓我覺得有說不出的緊張、飽受威脅、大難臨頭的感覺。這就是我收到的訊號，我把它跟其他的焦慮訊號一起存在我的知覺中，而它們慢慢化成一種如影隨形的心情，卻又不付諸行動，例如一看到加油站就去把油加滿。或許是直覺認爲應該要節約，吝嗇的結果吧：當我知道油箱快沒油的時候，我就意識到石油即將消耗殆盡，輸油管裡的流動，運油船劃破海面，鑽頭探測地底深處只抽到髒兮兮的水；我踏在油門上的腳也因爲知道它只需輕輕一踩，我們地球僅存的最後能源就會耗盡而小心翼翼；我的注意力都集中在品嚐最後幾滴汽油上；我踩著油門，彷彿油箱是一粒待榨的檸檬，不該浪費一滴汁液；不對，我加快速度，既然這可能是最後的動力，那麼我跑得越快就跑得越遠。

油箱沒有加滿，我不敢出城。我總會找到一家開著的加油吧。我沿著紅磚道和安全島在大街上徘徊，尋找曾經滿街都是、以會噴火的老虎或其他神話動物爲象徵的汽油標誌。而每次看到「營業」的牌子都空歡喜一場，因爲那只不過說明了今天這家店在營業時間內便營業，休息時間內便休息。有時候工作人員就坐在摺疊椅上吃三明治或打瞌睡，也攤開雙手表示愛莫能助，規定就是規定，我心裡有數，問也白問。隨時聽候差遣的時代已經結束了，當年你還以爲人力就跟自然資源一樣會永遠替你服務，那時候路上的加油站如雨後春筍一家接一家冒出來，還有穿著綠色、藍色或條紋工作服的工作人員拿著飽滿的海綿，準備清洗那死了一堆小飛蟲在上面的擋風玻璃。

或者應該這麼說吧：在一個某些工作沒有時間表的時代結束與一個以爲某些物資永遠不會用完的時代結束之間，是一個根據國家和個人經驗不同所以時間長短不同的歷史時代。我可以說我現在正同時經歷算得上富裕的幾個社會的興起、顚峰和衰敗，猶如旋轉鑽頭短短幾秒就穿過沉積岩，穿越了數千年，鮮新世，白堊紀，三迭紀。

我一邊開車一邊研究我在空間和時間裡的位置，我可以確認的數據有不久前歸零的里程表，油箱指針也到底了，手錶時針還高高指著十二點的位置。正午時分，乾旱季節口渴的老虎和鹿會往泥濘的同一水池趨近，我的汽車也在尋覓解渴之泉，可是油禁卻讓它在一個又一個加油站間徘徊。在白堊紀的正午時分，生物在海面沉浮曬著太陽，陽光的溫度藉由微海藻群和浮游生物，柔軟的海綿和銳利的珊瑚將持續發揮作用，直到這些生命死後變成植物或動物細塵沉入海底與泥沙融爲一體，在經過幾次變動之後被石灰岩所呑噬，在背斜和向斜的夾縫中被消解，液化爲濃稠的地底黑色多孔油質，然後在沙漠中央泉湧而出並燃燒，替地球表面帶來最早的正午熱浪。

而我在日正當中的城市荒漠中看到了一間加油站還開著：車陣四周熱流滾滾。沒有工作人員，是那種自助式加油站。汽車駕駛自行取下鍍鉻的加油管，中斷動作閱讀指示說明，有點遲疑地按下鍵盤，如蛇腹般伸縮自如的橡膠管便一一弓起。我的手在加油管旁邊忙碌，我那隨著經濟起飛成長的手已習於等待其他人的手爲我完成種種謀生的基本動作。我知道這種情況不會是永久的，理論上；理論上我的手該迫不及待要重拾人類的手工技能，當初人類僅憑雙手就能與無情的大自然搏鬥，而今天我們身處在遠比大自然要容易操控的機械社會中：從今天開始我們每一個人的手都得學會自行謀生，不再將每天藉以維生的機械操作託付他人。

說實在的，我有點失望，我是說我的手有點失望：加油簡單到我不禁質疑爲什麼不早些推廣自助式加油。只是自己動手的快感並不會比用糖果自動販賣機或其他投幣機器來得更過癮。整個作業過程唯一比較需要注意的是付費問題，按正確方式插入一千里拉，讓電眼讀到威爾第像或每張紙鈔上都有的那條金屬線就可以了。彷彿一千里拉的價值就在那條金屬線；等紙鈔被吃進去一盞小燈亮起，我就得趕快將加油管口塞進油箱好讓那彩虹般的透明液體奮力一湧而出，我趁機享受這並非我所渴望，卻是我的一部分——我的車——夢寐以求的甘霖。我剛來得及這麼想，油卻軋然而止，燈也滅了，幾秒鐘之前才啓動的複雜裝置已經靜止不動，被我種種儀式所喚醒的大地力量只維持了刹那。我那價值牽於一線的一千里拉換來了加油管一線的汽油。一桶原油要十二美金。

我得從頭來一次，塞完一張紙鈔再一張，一次一千里拉。金錢和地底世界之間維持著一種古老的親戚關係，它們的歷史都遭遇過時緩時巨的變動，而我正用自助加油站給埋在波斯灣下面的黑色湖泊打了一個氣泡，阿拉伯酋長默不作聲地將藏在白色寬大袖管裡的手舉至胸前，摩天大樓裡一台電腦正吞噬著數字，公海上一組貨船船隊接到命令改變航向，我在口袋裡翻找，紙鈔那條線的力量消失無蹤。

我環顧四週，空蕩蕩的加油站只剩我一個。熙來攘往的車輛突然從那個時候全城唯一開著的加油站四散而去，彷佛就在那一刻，原本平緩的一些變動累積成最終的變動爆發出來，說不定是油井輸油管加油站汽化器集油槽同時宣告枯竭。進步其實是暗藏危機的，重要的是懂得說早已胸有成竹。我早就養成想像未來且不爲所動的習慣，我預見成排的汽車被拋棄在路邊結滿蜘蛛網，城市淪爲塑膠廢物，老鼠對肩上扛著袋子的人們窮追不捨。

我猛然也興起了逃跑的念頭，去哪裡？我也不知道，那不重要，或許只是爲了將剩餘的能量燃燒掉，結束周期。我找到最後一張千元里拉再加它一點油。

一輛跑車停了下來，開車的女士裹著一條大披肩，盤起一頭長髮，高領毛衣，從這一堆錯綜複雜的線條中抬起她小巧的鼻子說：「高級汽油，加滿。」

我站在那裡手上握著加油管，把最後的辛烷給她倒也可以，至少燃燒後會留下視覺上色彩繽紛的回憶。這個世界是那麼無趣，我做的事，我用的材料，我所能期望的救贖。轉開跑車的油箱蓋，我將加油管的龍頭放進去，按下開關感覺水柱的衝力，總算憶起一種遙遠的喜悅，一種可以藉以建立關係的生命力，一股在我和那位陌生的女士之間傳遞的電流。

她轉過頭來看我，摘掉大得嚇人的太陽眼鏡，露出一雙清澈動人的碧眼。「你不是加油站的工作人員……你……為什麼……。」我想讓她了解此舉是為了向她示愛，希望能與她共同經歷人類所能擁有的最後的衝動，是示愛也是施暴，強暴，以地底力量所做的致命的性愛。

我示意她安靜，用工作的那隻手指了指地下，好像在告訴她奇蹟隨時會終止，然後我來回比畫表示說沒有差別，我的意思是我這個陰鬱的冥神離開冥界擄走她這個春神泊瑟芬的化身，於是冷酷的大地之神斷了糧食，開始他新的循環。

她笑了。兩個針鋒相對不服輸的年輕人。她不知道。加州探勘採礦時發現了已經絕跡的五萬年前的動物遺骸，其中還包括了一隻長牙虎，肯定是被那一片墨黑的湖泊水中鏡所吸引，踏入陷阱後萬劫不復。

然而允諾我的時間匆匆結束：油停了，油管靜止不動，性愛中斷。一片靜默，彷彿所有引擎停止運轉，而人類生生不息的生命也告停擺。當城市重新成為地殼一部分的那一天，人類，也就是沉澱冥界的鬼魂，將被硫磺和泥沙所覆蓋，幾百萬年之後有助於油礦的濃稠，不知誰會是受益者。

我凝望她的眼：她不懂，或許現在才開始害怕。現在，我數到一百：如果還是那麼安靜，我就握住她的手開始跑。

# 尼德蘭人

採訪者——我現在是在杜塞朵夫附近，尼德蘭風景如畫的山谷向各位報導。我周圍是陡峭的石灰岩，我的聲音在天然山洞和人工開鑿的山洞內壁間迴盪。就是在一八五六年的石穴挖鑿工程中發現了大約在三萬五千年前即定居在此的最早居民。尼德蘭人：爲了方便，我們就這麼稱呼吧。我到尼德蘭來就是爲了採訪他。尼德爾先生——採訪中我會用這個簡稱——尼德爾先生，或許大家亦有耳聞，個性有點多疑，脾氣也有些古怪，這多少是因爲年紀大了，加上他並不清楚他在國際間的知名度。儘管如此，他還是慷慨同意回答本節目幾個問題。現在他來了，踏著特有的搖搖擺擺的步伐，揚著他突出的弓形眉毛看著我。我趕快請問他第一個有些冒失的問題，想必可以滿足許多聽衆朋友的好奇。尼德爾先生，您有沒有想過有一天自己會變成名人？我是說，就我們所知，您一生沒做過什麼了不起的事，可是突然間您變成了大人物。您怎麼說？

尼德爾——你說呢。你在嗎？是我在，又不是你。

採訪者——是的，您在。您覺得這就夠了嗎？

尼德爾——我早就在了。

採訪者——這個說明我想是很有用的。尼德爾先生的功勞不僅僅是在，而且是早在其他人還不在的時候就在了。早先一步確實是任何人都不能否定尼德爾先生的。至於……根據進一步的研究顯示，您也可以作證對不對，尼德爾先生，各大洲早已有人類，眞的人類的蹤跡，而且爲數不少……。

尼德爾——我爸爸……。

採訪者——可追溯到一百萬年前……。

尼德爾——我祖父……。

採訪者——總之就是您的祖先，尼德爾先生，這一點沒有人能否認，不過那是相對的早，我們說您是第一個……。

尼德爾——反正比你早……。

採訪者——這我們同意，不過這不重要。我是說您是第一個被後來的人認爲是第一個的人。

尼德爾——那是你認爲。還有我爸爸……。

採訪者——不止如此，還有……。

尼德爾——我祖母……。

採訪者——更早呢？您聽好，尼德爾先生：您祖母的祖母……！

尼德爾——沒有！

採訪者——怎麼沒有？

尼德爾——熊！

採訪者——熊！源自圖騰的先祖！各位聽到了，尼德爾先生提出說他家譜的始祖是熊，這自然是代表他族人、家族的動物——圖騰。

尼德爾——還你的咧！先有熊，後來熊走，我祖母吃……然後有我，後來我走，殺熊……後來吃他，熊。

採訪者——尼德爾先生，請等我將您現在說的寶貴資訊跟我們的聽衆朋友說明一下。先有熊！您說得好，很明白地先將殘酷的大自然、生態環境這背景點出來，對不對，尼德爾先生？那是人類最多采多姿的舞台，當人類登上歷史的舞台，是以跟大自然的搏鬥爲開場，它先是我們的敵人之後漸漸爲我們所征服，歷時數千年的演變，尼德爾先生以引人入勝的獵熊記來解說，幾乎就是奠定我們歷史的神話……。

尼德爾——是我在，又不是你。有熊，我去哪牠就去哪。我在就有熊，不然不行。

採訪者——似乎我們尼德爾先生的思考侷限在他所能立即感知的那一部分的世界，至於遙遠時空中事件的代表意義他並不清楚。我看到熊所以熊在，他說，如果我沒有看到熊就不在。我們接下來的訪問中會加以注意的，避免問那些對智力進化程度還不高的人太奇怪的問題……。

尼德爾——你說什麼？你懂什麼？就是吃嘛。我找吃的熊也找吃的。矯捷的動物中最會打獵的是我。笨重的動物中最會打獵的是熊。對吧？所以不是熊搶我的就是我搶熊的，對吧？

採訪者——很好，我同意，尼德爾先生，您不需要急躁。這我們稱爲異種共生，一個是人類，一個是獸類；最好能保持生態的平衡，如果願意的話：在攸關生死的殘酷搏鬥中，還是要顧及這點……。

尼德爾——然後，不是熊殺我，就是我殺熊……。

採訪者——沒錯，沒錯，攸關生死的搏鬥一旦展開，適者生存，未必是強者，尼德爾先生雖然腿稍微短了一點，可是肌肉很結實，最主要的是他的聰明才智。尼德爾先生，儘管額頭凹陷，幾乎呈水平延伸，依舊有驚人的智慧表現……。尼德爾先生我想問的是：您可曾擔心過人類會失敗？我的意思是，從地球上消失？

尼德爾——我祖母……我祖母在地球……。

採訪者——尼德爾先生又回到這個事件，這應該在他過去的經驗，或者，是我們的經驗中，留下了不小的創傷……。

尼德爾——熊在地球……我吃了熊……我，不是你。

採訪者——這正是我想問的：您可曾想過有一天熊完全滅種，不是我們，而人類大獲全勝會是什麼感覺，沒有什麼能阻止我們前進，而尼德爾先生您今天會接受由我，我是說自您演化至今最高等的人類，透過麥克風向您轉達我們的感激……。

尼德爾——嗯……需要前進我就前進……需要停我就停……需要吃熊我就停下來吃熊……。然後我前進，熊留，這裡一根骨頭，那裡一根骨頭……。我後面跟著其他人，前進，直到有熊的地方，我停，大家停，大家吃熊……。我兒子啃一根骨頭，另一個兒子啃另外一根骨頭，另一個兒子啃另外一根骨頭……。

採訪者——尼德爾先生此刻正帶我們回顧他的部族狩獵歷史的最高潮：出獵滿載而歸後的盛大儀式……。

尼德爾——我妹夫啃另一根骨頭，我太太啃另一根骨頭……。

採訪者——從尼德爾先生生動的描述中我們聽到了，女人是慶祝儀式最後一位進食的，可見當時女性在社會中的地位低下……。

尼德爾——還你的咧！我先把熊帶回家給我太太，我太太在熊下面生火，然後我去採羅勒，採到羅勒後回家，我說：熊腿在哪裡？我太太說：我吃掉啦，不對嗎？不試試怎麼知道熟了沒有啊？

採訪者——所以在狩獵和採集的社會，我們由尼德爾先生口中得到證實，男人和女人的工作是完全的分工……。

尼德爾——然後我去採馬郁蘭，採到馬郁蘭後回家，我說：另外一條熊腿在哪裡？我太太說：我吃掉啦，不對嗎？不試試怎麼知道焦了沒有啊？我就跟她說：你知道奧勒岡誰去採嗎？你去採，我說，是你要去採奧勒岡。

採訪者——由這一幕可愛的家庭喜劇我們可以歸納出尼德蘭人的生活習性：第一，懂得用火及熟食；第二，採集香料並應用於烹調；第三，以大塊切割方式食肉，意味著利器的使用，也就是石頭的精細加工。我們直接請問受訪者請他就這一點跟我們聊一聊。我的問題會儘量不影響他作答：尼德爾先生，那些石頭，對，遍地的這些卵石、小石頭，您有沒有試過拿來把玩，比如拿一個敲另外一個，看它們是不是眞的那麼硬？

尼德爾——你說卵石怎麼樣？你知道那些卵石是幹嘛的嗎？咚！咚！我拿卵石咚！你撿一塊卵石，放在大石頭上，拿另一塊卵石，敲下去，用力，咚！你知道要敲哪裡嗎？那裡，敲那裡，咚！用力敲！用力呀！唉呦，你這樣會敲到手！你吸手，你跳腳，然後你拿另一塊卵石，再放到大石頭上，咚！你看裂成兩半了吧，一個大，一個小，這個的曲點在這裡，另外那個的曲點在那裡，你把這個拿在手裡握好，這樣，另外一隻手拿另外那個，那樣，然後咚！懂吧，要咚下去在那一點上，用力，唉呦！石頭尖刺到手裡去了！你吸手，你單腳轉一圈，然後再拿起石頭，另外一隻手拿另外一個石頭，咚！石頭碎片跑到眼睛裡！用手揉揉眼睛，踢大石頭一腳，再拿起那大小兩半石頭，咚！又敲掉旁邊一片碎片，咚！又一片，咚！再一片，你看石片被敲掉的地方出現一個不賴的圓形凹槽，另一個凹槽，再來一個凹槽，上下都有，反面也一樣，咚！咚！你看整面都是，又小又利……。

採訪者——很感謝我們的……。

尼德爾——……然後你這樣小力敲，叮！叮！敲掉一些石屑，叮！叮！你看出現一些很小很小的齒，叮！叮！

採訪者——我們都了解了。我替所有的聽衆朋友謝謝您……。

尼德爾——你了解什麼？你現在可以敲這裡，咚！然後再在另外一邊敲一下，咚！

採訪者——咚，沒錯，我們可以換……。

尼德爾——……現在你可以起來看了，這個卵石全部加工結束然後再重頭開始，你再拿一個卵石放到大石頭上，咚！

採訪者——以此類推，很清楚，凡事起頭難。現在我們換……。

尼德爾——不行，我一開始就停不下來，這一地的卵石一定有比前面那粒更好的，所以你把前面那粒丟掉撿起這個，咚！咚！裂開的卵石有的要丟掉有的可以再加工，那我就再加工，叮！叮！這些石頭就會變成，我可以讓它變成我想要的各種樣子，我打的凹槽越多就越可以打出其他的凹槽，我打了一個凹槽就可以打兩個，在這兩個凹槽裡面我再打另外兩個，最後石頭給敲碎了，我就把它丟到越堆越高的碎石堆裡，反正我還有滿坑滿谷的石頭可以敲。

採訪者——尼德爾先生向我們詳盡介紹了這個一成不變、令人疲倦的工作……。

尼德爾——你才一成不變，一成不變！你會在石頭上敲凹槽，你，而且每一個凹槽都一樣嗎，你會做一成不變的凹槽嗎？不會嘛，那你說個什麼勁？我就可以！從我敲石頭開始，從我發現我有大拇指開始，你看到我的大拇指了嗎？大拇指我放這裡其他手指我放那裡，手中間是石頭，抓得緊緊的絕不讓它跑掉，等我的手把石頭抓好我就開始敲打，這樣，或那樣，既然我可以對付石頭我就什麼都可以做，嘴巴可以發出聲音，像這樣的聲音，啊啊啊，皮皮皮，呢呢呢，然後我就再也停不下來，我開始講話，然後就再也停不下來，講話講話講話，我開始做石頭加工好用來加工其他的石頭，而且我還開始思考，思考所有思考的時候所能思考的事情，我也有了做些什麼好讓別人理解些什麼的慾望，例如在臉上畫紅色的條紋，不爲別的只爲了讓人知道我就是在臉上有紅色條紋，想要給我太太做一條野豬牙項鍊，不爲別的只爲了讓人知道我太太有一條野豬牙項鍊，你太太就沒有，誰知道你會不會以爲你有什麼是我沒有的，我是什麼都有了，所有在我之後所做的我都已經做過了，所有在我之後所說的、想的、表示的，我都已經說過、想過、表示過，所有錯綜複雜的錯綜複雜早已存在，只要我用大拇指和虎口和另外四根手指握住這塊石頭，就什麼都有了，我所有的就是所有後來有的、知道的、懂的，我有，不是因爲那是我的，而是因爲本來就有，本來就存在，就在那裡，後來有的、知道的、懂的都差了一點，比原本應該懂的、有的、我先前有的、先前的我，都差了一點，說眞的我那時候無所不在，無所不是，可不像你，一切無所不在、無所不是，所有無所不在、無所不是的一切，包括後來的退化，都在那個咚！咚！叮！叮！裡面，所以你胡說什麼。你以爲你是誰，你以爲你在哪裡，你根本就不在，你在是因爲有我，因爲有熊有石頭有項鍊有手指頭被敲到所有那些沒有它們就沒有你的一切，有就是有。

## 蒙特祖瑪❶

我——陛下……聖上！……皇上！……將軍！我不知該如何稱呼您，不得不以這些在我們今天的語彙中已喪失權威、徒然追憶遠颺的權力、僅能彰顯您部分豐功偉業的稱謂來稱呼您……您的王位也沒了，那聳立在墨西哥高原上、統治阿茲特克人的王位，是他們有史以來地位最崇高的君主，卻也是最後一位君主，蒙特祖瑪……。就是叫您的名字我都有困難：莫特庫禾佐瑪，好像這才是您的眞實姓名，但在歐洲史書上卻有不同的寫法，莫特克祖瑪、莫克特祖瑪……。這個名字，按照不同作者的說法，有「憂鬱的人」的意思。確是神來之筆，因爲您親眼看到興盛、太平的阿茲特克帝國在不明生物挾帶前所未見的致命武器大舉入侵後，轉眼間灰飛湮滅，大概跟我們城市突然面對外星人大軍壓境差不多。不過我們已經有了萬全的準備，至少我們以爲如此。您呢？您是什麼時候才意識到那將是世界的末日？

蒙特祖瑪——末日……那天已近黃昏……夏日消融在墮落的秋天裡。日日如此，每夏亦然……。沒有人知道還會不會有下次。所以人類要討好神祇，期望太陽和星星繼續照耀玉米田，日日夜夜，歲歲年年……。

我——您是說世界末日一直是一個陰影，而您的生命可爲見證的所有奇蹟之中，最神奇的就是這一切依然延續下去，沒有毀滅？

蒙特祖瑪——掌管天庭的未必是同一群神祇，向城裡或鄉間收稅的未必永遠是同一個帝國。我這一生只敬奉過兩個神祇，一個與我們同在另一個卻不在：藍蜂鳥神胡茲羅波克特里，是我們阿茲特克人的戰神，還有被放逐之神，羽身蛇神奎特紮克特爾，遠渡重洋在西方的陌生土地上流浪。有一天蛇神將重返墨西哥，會向其他神祇和他們的信徒報復。我一方面擔心我的王國將遭受懲罰，大混亂將宣告蛇神時代的來臨，但同時我卻又滿心期待，心中亟盼著那一刻的到來，即便我清楚那會帶來殿堂的毀滅、阿茲特克人的災難，還有我的死亡……。

我——您眞的相信奎特紮克特爾神跟著西班牙征服者回來了，您眞的在赫南・科爾得斯❷身上和他那把黑鬍子看到了羽身蛇神？

蒙特祖瑪，發出痛苦的呻吟。

我——請原諒我，蒙特祖瑪王，那個名字觸痛了您心中的傷口……。

蒙特祖瑪——夠了……這個故事已經重複太多遍了。只因爲我們傳統中蛇神是白面黑鬍，所以看到（嗚咽了一聲）科爾得斯也是白面黑鬍就認爲他是蛇神的化身……不，事情沒有那麼簡單。與預兆相符並不足夠。一切都還需要詮釋：我們的祭司留下來的記載不像你們是用字母，而是圖形。

我——您是說，你們的圖像文字和事實都得再加以解讀……。

蒙特祖瑪——我們聖經上的圖像、殿堂的淺浮雕、馬賽克、每一個線條、楣樑、彩飾都有其意義……。在我們眼前發生的每一件事情，每一個細節都是神的意旨：長衫的飄動，屍斑……。如果說萬事萬物皆有名，您想想看我每天會遇到多少無名物，而我得不停思考他們的意義何在。海上出現扯著帆翼乘風前進的木屋……我軍隊的前哨試圖以言語將他們所見所聞回報給我，可是未知的事物要如何形容？海邊來了一群身穿灰色、會反光的金屬裝的人，騎著從未見過、貌似沒有角的大型麋鹿的野獸，留下半月形的蹄紋。取代弓箭的是一種會噴火，發出巨響的號角，距離遙遠也可致命。哪樣比較稀奇，是我們聖經上那些頭髮火紅的小惡魔，還是這些臭哄哄的大鬍子？他們在我們的土地上爲所欲爲，搶我們雞舍的雞烤來吃，扔去骨頭，這一點對我們來說很奇怪，匪夷所思。我們能怎麼辦，精於解夢、解讀廟宇古老圖像的我，除了試著解釋他們的出現外還能做什麼？不是說他們跟圖形或夢是同一回事：可是我面對不知名狀態所能問的問題，就跟我望著畫在羊皮紙上，或貼滿金箔且鑲綴著祖母綠的銅雕像那些咬牙切齒的神祉時問的問題是一樣的。

我——蒙特祖瑪王，您的不確定是源自何處？當您看到西班牙人步步逼近，派使者送上貴重的禮物也阻止不了他們掠奪稀有金屬的凶狠，科爾得斯還跟不願再受您統治的部落結盟，唆使他們反抗，屠殺受您煽動設下陷阱等他們的部落，以致您只得讓他與他的軍隊長驅直入首都內，並且在短短時間內便反客爲主，自稱是您搖搖欲墜的王位的護衛，讓您成了這個藉口的階下囚……您該不會眞的相信他吧……。

蒙特祖瑪——我知道白人並非永生的，他們自然不是我們所等待的神祇。可是他們似乎擁有超乎常人的力量：箭射到他們的盔甲便應聲而斷，而他們會噴火的武器——天知道那是什麼鬼——射出的火焰卻往往致人於死。然而，然而我們的優越感絲毫不遜色。當我帶他們參觀我們壯觀的首都時，他們著實目瞪口呆！那天，在遠渡重洋、未開化的征服者面前，眞正的勝利是屬於我們的。他們之中有人說即使在冒險故事裡也想像不出這般景象。然後科爾得斯將我囚禁在我款待他的宮殿中，我送他的所有禮物仍無法滿足他，乾脆挖了一條地道直通寶庫，洗劫一空。我的命運猶如仙人掌般多刺、橫生枝節。而那些看管我的士兵鎮日擲骰子，大聲喧嘩，爲了那些我賞給下人的金飾大打出手。我依舊是王：我優於他們，我才是贏家，他們不是。

我——那時您還想要扭轉情勢嗎？

蒙特祖瑪——或許天上的神祇還在爭鬥，我們則已達到平衡，彷彿命運暫停懸置。我們那有花園圍繞的湖泊中滿是他們興建的雙桅帆船，火繩槍隆隆的槍聲在岸邊迴盪不絕於耳。有時候突如其來的喜悅讓我笑到流淚，有時候只是在獄卒的嘲笑聲中無言啜泣。戰火煙硝間偶爾也會有片刻寧靜。你們別忘了這些外國人的領袖之中還有一位女子，一位墨西哥女子，儘管來自敵對部落，但畢竟與我們同種同源。你們高喊著科爾得斯的名字，以爲瑪莉辛——你們口中的瑪麗娜夫人——只是他的傳譯。其實科爾得斯整個人，或至少半個人都歸她管：是他們兩個人共同領導西班牙遠征，一個是與我們來自同一塊土地的公主殿下，另外一個是毛茸茸的白面男人，而遠征大計是他們兩個的結晶。或許有可能，我是這麼認爲的，建立一個新的紀元，使入侵者他們的武器、馬匹、大砲及超凡的力量與我們較先進、精粹的文明相結合。說不定他們會被我們所融合，而他們的神祇也將與我們的神祇同聚一堂……。

我——蒙特祖瑪王，您是在自欺欺人，假裝牢籠並不存在！您明明知道還有另外一種選擇：抵抗、奮戰，制服西班牙人。這也是您的子孫輩的選擇，他們策劃安排妥當，打算救您出來……結果您出賣了他們，您將僅有的權力給了西班牙人去鎮壓您子民的暴動……。其實當時科爾得斯身邊只有四百人，身處陌生的大陸，而且與遙遠的祖國政府決裂……。不過，不管擁科爾得斯或反科爾得斯，卡羅五世的西班牙艦隊都對新大陸虎視眈眈……。難道您擔心的是他們？您已預見對方來勢洶洶，歐洲對你們乃勢在必得？

蒙特祖瑪——我知道我們不同，但並不是像你說的那樣。白人固然不容小覷，但我們互有長短……。我們既不是高原的兩個部落，也不是你們大陸的兩個國家，是一個想吞併另外一個，命運全然取決於勇氣和奮戰精神。與敵交戰，必須知己知彼。是我們故步自封，畫地自限。我第一次接見科爾得斯的時候，他不顧禮教擁抱了我。我宮廷的教甫和官員皆一臉錯愕。可是在我，我覺得我們的身體並未碰觸。不是因為我的地位使我超脫俗世，而是我們本就屬於不曾接觸，也不會有交集的兩個世界。

我——蒙特祖瑪王，那是歐洲與外界第一次眞正的接觸。哥倫布發現新大陸還不滿三十年，在那之前只接觸過一些熱帶島嶼、茅屋村落……。這回是首次白人殖民軍隊遠征遇到的不再是黃金史前時代苟延殘喘活下來的野蠻人，而是另一個完整、鼎盛的文明。而我們的世界與你們的世界——我說你們的世界，指的是所有可能存在的世界——的這個第一次接觸，造成了無法彌補的錯誤。這就是我要問的，蒙特祖瑪王，這就是我想請問您的。面對不可知，您表現得十分謹愼，甚至猶豫不決、軟弱順從。但並未因此免去您的人民和您的土地歷時數世紀的災難與破壞。您若態度果決與第一批入侵者周旋到底，使兩個迥異世界的關係一開始就建立在不一樣的基礎上，也許歐洲人會爲您的堅毅所震懾，較爲收斂且自重。或許您還來得及從歐洲人腦中將乍萌芽的毒草拔除：自以爲可以明目張膽剷除異己，掠奪他人財富，將貧窮散播到其他大陸上。或許世界歷史得以改寫，蒙特祖瑪王，您知道嗎，蒙特祖瑪，你知道嗎，跟你說這些的是一個活在今天的歐洲人，面對盛世凋零，許多不凡能量被惡勢力所蒙蔽，我們以爲造福人類所做的種種思考與實踐反而成爲限制……。請你回答跟你一樣既是受害者也是劊子手的我……。

蒙特祖瑪——怎麼聽你講話好像在閱讀一本寫好的書。當時，對我們來說，書寫只有我們的聖經，是你可以用千百種方式解讀的預言書。一切有待詮釋，任何新奇事物我們首先得將它列入世界秩序中，因爲在這之外只有空無。我們一舉一動都是一個等待答案的問號。爲了每一個答案皆能得到進一步確認，我都以正反兩種形式發問。問戰爭也問和平。所以我既是人民揭竿而起的首領，同時又站在冷酷鎭壓百姓的科爾得斯身邊。你說我們沒有抵抗？墨西哥城就曾與西班牙人正面交鋒：家家戶戶拋擲出不計其數的石頭與弓箭。我就在那一次科爾得斯派我去安撫他們的時候，死在我子民的石頭下。之後西班牙援軍趕到，起義的百姓被屠殺，我們無與倫比的城市成爲廢墟。我在書上解讀出來的答案是：不。所以你看到我駝著背的身影從此在殘壁間留連。

我——可是對西班牙人而言你們也是陌生、難解、高深莫測的。他們同樣得一一解讀。

蒙特祖瑪——你們要佔有；你們的遊戲規則就是佔有；你們只知道我們擁有的東西值得你們不顧一切去佔有，而那東西對我們而言不過是可以用來作項鍊和裝飾的一種貴重素材：金子。你們的眼睛裡只有金子、金子、金子；你們滿腦袋都是那唯一的慾望之物。我們的世界秩序卻建立在贈與上。唯有贈與，神賜的禮物才會繼續滿足我們所需，太陽才會每天昇起啜飲泉湧的鮮血……。

我——蒙特祖瑪，鮮血！我都不敢提，這可是你先說的，活祭人類的血……。

蒙特祖瑪——又來了……又來了……。難道你們就沒有，我們來算算看，你們的文化和我們的文化誰犧牲的生命比較多……。

我——不對，不對，蒙特祖瑪，這就離題了，你知道我是爲科爾得斯這邊辯護的，我並不是要爲我們文明以前和今天犯的錯推卸責任，但我們此刻談的是你們的文明！那些年輕人躺在祭壇上，石刀刨開他們的心臟，鮮血汩汩流出……。

蒙特祖瑪——那又如何？不論何時何地人們汲汲營營的目標只有一個：不讓世界分崩離析。只是方法不同而已。獻祭的血對我們城市的每一個湖泊和花園都是必要的，猶如灌溉，好比開闢河渠。我知道，在你們車水馬龍的牢籠世界裡，血是件可怕的事。但又有多少生命被那無情的巨輪輾碎。

我——我同意，每個文化都要置身其中才能理解，這我懂，蒙特祖瑪，我們距離遠征那個摧毀你們殿堂和花園的時代已久矣。我知道你們的文化從許多方面來說都堪稱楷模，可是同樣地我也希望你承認它醜陋的一面：戰俘的下場……。

蒙特祖瑪——否則打仗做什麼？我們的戰爭相較於你們的，要文明、歡樂多了，彷彿一場遊戲。只是這場遊戲有既定的目的：看輪到誰在祭日當天躺在祭壇上，將胸膛迎向大祭師揮舞的黑石刀。每個人都可能輪到，爲大家犧牲。你們的戰爭所爲何來？你們每次都只能找到一些平庸的藉口來搪塞：遠征、金子。

我——還有不讓別人騎到我們頭上，避免重蹈你們的覆轍！如果你們當年把科爾得斯的人給殺了，或者再絕一點，蒙特祖瑪，聽好我要說什麼，把他們一個一個送上祭壇給宰了，起碼這樣我還能理解，因爲那關係到你們人民及歷史的存亡……。

蒙特祖瑪——白人，你看看你前後矛盾？與其殺了他們……我想做的是更偉大的事：思索他們。我如果能思索他們，將他們納入我的思考秩序中，確認他們的存在，是神也好是惡靈也罷，或者是像我們一樣有善念有惡念的人，總而言之——從原本的不解——找到可供思索之處並且扎根，然後，唯有那時候，我才能裁定他們是迫害者或是受害者。

我——對科爾得斯而言卻再明白不過。他不會想到這些問題。那西班牙人很清楚自己要什麼。

蒙特祖瑪——其實他要的正是我要的。他努力不懈企圖獲得的勝利是：思考我。

我——他成功了嗎？

蒙特祖瑪——沒有。看起來他好像對我爲所欲爲：多次欺騙我，將我的寶庫洗劫一空，利用我的權力作擋箭牌，讓我被我的子民用石頭砸死，可是他無法擁有我。我始終在他的理解範圍外，無法觸及。他的理性之網捕捉不到我的理性。所以你才會回來在我帝國——而今是你們的帝國——廢墟中找我。所以你才會來問我。在我挫敗四個世紀之後，你們再也不確定到底有沒有打敗我。眞正的戰爭與和平不在人世間，卻在諸神。

我——蒙特祖瑪，你已經說出了你們不會贏的原因。諸神之戰就表示說在科爾得斯的傭兵後面有西方思想，原本運轉不息的歷史因爲蠶食其他文明而停頓了下來。

蒙特祖瑪——你也把你的神明與事實混淆了。這個你所謂的歷史是什麼？或許只是缺乏平衡吧。當人類終於找到了共生的永久平衡點時，你卻說歷史停頓了下來。要不是你們的歷史將你們從奴役中解放出來，你今天還能跑來質問我爲什麼沒有及時阻止你們。你想從我這裡得到什麼？你發覺看不懂你們的歷史，試圖找到另一個版本。你認爲是我應該爲這歷史的另一個版本負責，是嗎？難道我要用你們的腦袋來思考？你們也同樣需要把前所未聞的新事物以諸神之名分等，而你們甚至不確定是眞神或惡靈就前仆後繼成爲盲目的信徒。你們很清楚物質力量的定律，卻不因此放棄等待隱藏其中的世界命運藍圖向你們現身。沒錯，在你們的十六世紀初或許世界命運尚未決定。你們恆動的文明還未覓得方向——一如今天不知何去何從，至於我們恆定、平衡的文明，則始終在我們的掌握之中。

我——太遲了！應該是你們阿茲特克人去攻打塞維爾，拿下西班牙才對！歷史的意義不容更改！

蒙特祖瑪——那是你硬加上去的意義，白人！否則世界就會在你面前瓦解。我也曾經有過一個世界，跟你的不同。我也曾經希望一切維持原貌。

我——我知道你爲什麼在乎。你的世界如果被顚覆，那麼神殿裡成堆的骷顱頭就都失去了他們的意義，祭壇也只是沾滿了無辜百姓鮮血的屠宰石板。

蒙特祖瑪——白人，看看你們今天的屠殺吧。

---

❶ Montezuma（西元？—一五二〇），或譯蒙提祖馬。西班牙侵略墨西哥時，在位的阿茲特克帝國皇帝。專制君主，不斷征戰，且以戰俘充當獻祭人頭。

❷ Hernán Cortés（一四八五—一五四七），西班牙征服者，一五一九年春率領西班牙士兵登陸墨西哥，蒙特祖瑪的政權隨即面臨極大挑戰。瑪莉娜是此次征服的女英雄之一，也是科爾得斯的妻子之一。

# 在你說「喂」之前

希望你人在電話旁邊，萬一再有人打電話進來你就請他掛斷別占線：你知道我隨時有可能打電話給你。我已經撥了三次你的號碼可是線路都不通，不知道我對你的呼喚是否還停在我所在的這個城市，抑或，已經到了你所在的那個城市。所有電話線都不通。整個歐洲都在打電話給歐洲。

我跟你說再見不過是幾個小時以前的事，匆忙、心情惡劣。旅行就那麼回事，我每次都很機械地任由擺佈，處在恍惚狀態：計程車在路邊等我，飛機在飛機場等我，公司的車在另一邊的機場等我，然後我就在這裡了，離你千萬里。對我而言重要的只有這一刻：行李才放下來，風衣還沒有脫掉，我已經拿起聽筒，撥了你那裡的區碼，還有，你的電話號碼。

我的手指慢慢拖著一環環數字轉到底，把全部的力量都集中在指尖上，彷彿整個過程的精準與否都取決於它，每一次脈衝都不得不經過一長串彼此距離遙遠、與我們也距離遙遠的傳輸才會命中目標。少有一次就成功的：不知道定在撥號盤上的食指還要花多少力氣，貼在聽筒上的耳朵還要等待多久。爲了按捺住性子，我想起不久前還需要看不見的女接線生確保那些電光石火的暢通無阻，跟看不見的防禦工事大打攻防戰：催促我打電話的內在衝動便經過這無名、令人沮喪的層層關卡推遲、過濾。如今有自動撥接網橫貫各大洲，無須任何協助，每個用戶都可以打電話給另外一個用戶，只是這偉大的自由我必須付出代價，焦慮，重複動作，枯等，漸增的挫敗感。（還有價值連城的通話費，只是打電話這個動作和不近人情的電話費沒有直接關係：繳費單三個月之後才來，一通通國內長途電話化爲令人吃驚的數字，引發的心理災難全賴我們的意志迅速找到不可推委的藉口化解。）打電話的容易使得人人躍躍欲試，於是打電話便成了一件艱難任務，甚至是不可能的任務。所有人隨時隨地打電話給所有人，沒有人有辦法跟任何人講到話，聲聲呼喚在自動搜尋線路中徘徊，彷彿不耐的蝴蝶拍打著翅膀，找不到一條暢通的線，每個用戶都不死心繼續輸入一組組的號碼，堅信那只是暫時且局部的故障。往往沒有要緊事的越是電話愛用者，打得通或打不通並不重要，結果耽誤了少數眞的有話要說的人。

我並不屬於後者。我在離開數小時後急著打電話給你，不是因爲我有話要跟你說，也不是爲了重溫出發前的溫存。我若堅持這種說法，就會立刻想起你嘲諷的微笑，或聽到你冷漠的聲音說我說謊。你說得對：我離開前那段時間我們兩人之間只有緘默與尷尬，每當我在你身邊，咫尺是無法跨越的鴻溝。正因爲如此所以我急著打電話給你：唯有透過國內長途電話，或甚至國際長途電話，我們才能達到一般俗稱的「在一起」。這是我四處旅行的原因，不停在地圖表面上游移，也是我給自己的理由，少了它，身爲跨國企業的歐洲事務總監所有的責任義務都沒有意義：我離開就可以每天打電話給你，因爲我對你而言及你對我而言永遠都在電話的另一端，不，是在各大洲地下和海底的共軸電纜調頻電流的另一極。當我們之間沒有這條線確認彼此的關係，而是呆滯的身體占據感官世界時，我們之間的一切，手勢話語表情、彼此高興或急躁的反應，所有兩個人之間直接接觸藉由人類基本感官會傳遞的以及完整傳遞出去或接收進來的一切，立即變得無趣、多餘、機械。我們兩個人共處固然美好，但比不上龐大電話網絡經由電子交換產生的振動頻率，和我們被帶動的激動情緒。

關係不確定、搖擺、猶豫的時候比較刺激。我們關係不盡如人意是當我們在一起的時候，關係並未惡化，相反的，一切順利。而此刻我屏氣凝神撥著你的電話號碼，耳朵聽著聽筒裡遙遠的模糊聲音：「占線」的嘟嘟聲微不可聞，幾乎讓人以爲是偶然的干擾，與我們無關；或以爲是錯綜複雜的線路終於接通或接通中的撥接聲；或只是沉默。我的呼喚不知在網絡何處迷了路。

掛斷再拿起，加倍放慢速度我撥了區碼，先從市內電話轉入國內長途電話。某些國家在這個時候會以奇怪的聲調通知你說這第一個步驟已順利完成，如果沒有聽到嗡嗡的音樂聲表示再撥其他號碼也是枉然，得等到有線路才行。我們則是在區碼撥完或中途會有簡短的嗶一聲：但並非每一個區碼或每次皆如此。所以你有沒有聽到嗶並不重要，即使收到線路暢通訊號，撥出去的電話也可能一樣石沉大海，或者在完全沒有知會的情況下出乎意料地就通了。所以無論如何不應氣餒，撥完最後一個號碼，等。有時候才撥到一半就告訴你占線，白費力氣，也好：可以立即掛斷免得傻等，然後再試。好幾次在我費盡千辛萬苦在轉盤上轉完那十二個號碼後，卻不見任何回應。我的呼喚此時在何處遊蕩？難道還卡在中央處理機裡跟其他號碼一起排隊等候？是否已經在篩選中被轉化成指令，分爲幾組數字準備四處去打通關了呢？還是毫無障礙地抵達你的城市、你的社區的網絡，卻困在那裡如同一隻身陷蜘蛛網的蒼蠅遙望你那無法企及的電話？

聽筒不給我半點消息，我不知道已否應該認輸掛掉電話，還是突然間會傳來窸窣的聲音通知我說我的呼喚找到了通路，如箭飛馳，再過幾秒就將喚醒你的電話鈴聲作爲回音。

我在這傳輸的靜謐中對你說話。我知道，當我們的聲音在電話線上終於找到交集，只會說些客套、詞不達意的話；既不向你吐露我打電話給你想說的話，也不是因爲你有話要跟我說。我們打電話只是因爲相隔遙遠，透過地底電纜、糾纏不清的中繼器、堵塞的調諧鈕，在沉寂中摸索等待回音的時候，第一聲遙遠的呼喚遂成永恆，那是漂移的陸塊在一對夫妻腳下裂開，海洋深淵將他們分隔兩地時的呼喊，一眨眼兩人被衝得老遠，一個在海之濱，另一個在天之涯，試著用呼喚搭起一座聲音的橋將彼此繫在一起，只是聲音漸漸微弱，終被海浪聲淹沒。

從此距離成爲每一則愛情故事，和所有人際關係的必然情節，是鳥兒每天清晨對天空拋出婉轉歌聲試圖塡補的鴻溝，一如我們拋出可以轉化爲中繼器系統指令的電流滿地亂竄：這是人類因爲需要呼喚而呼喚唯一知道的方法。當然，鳥兒要說的話不會比我要跟你說的多，我的指頭還是堅持與撥號盤奮戰，希望終能幸運地敲響你的電話鈴聲。

彷彿一座百鳥齊鳴、震耳欲聾的森林，我們的地球因通話中和等待接通的電話、尖銳的鈴聲、斷線的嘟嘟聲、訊號聲、各種聲調、節拍器而晃動；這一切的結果是聲音氾濫，因爲每個人都需要向別人證明自己的存在，因爲擔心最後發現其實世上只剩下電話網絡，打電話和聽電話的人根本就不存在。

我再一次撥錯區碼，聽到電話裡面傳來類似一聲鳥鳴，然後是其他人零星的對話，還有外語重複說「您撥的號碼是空號」。最後教人惱火的占線聲阻斷了所有遐想。我自問是否你此刻也正試著打電話給我，也遇到同樣的阻礙，在黑暗中摸索，在棘手的迷宮中迷了路。如果你眞的在聽我可能就不會說這些話了；每當我按下按鍵取消那一串號碼的時候也抹去了我所說的或想的一切，當它是個夢魘：我們焦急、瘋狂、不安地尋找對方，所有的開頭與結尾不正是如此；我們對彼此所知的不過就是這在線路中漸行漸遠終至迷失的窸窣聲。緊張兮兮的耳朵裡滿是熱情、愛與恨的渴望，這是從事金融業，每天的生活由工作分配的我僅敢淺嘗即止的實驗。

很明顯這個時間想打通電話是不可能的。最好投降，可是我若放棄跟你說話，電話對我而言就會是完全不一樣的工具，就像執行其他功能的另一部分的我：我得趕快敲定在這裡的所有會面，得拔掉與你相繫的心靈電路換上我定期巡視我們集團旗下或合資的工廠的插頭，我要努力打通的不是電話而是我自己，我對電話的態度。

最後一試，再撥一次已然取代了你的名字，取代你的臉，取代了你的那一串號碼。如果成，最好，如果不成，就放棄。腦中依舊在想一些永遠不會跟你說的話，思緒都放在電話上，想的盡是關於透過電話我跟你的關係，不對，應該說是以你爲藉口的我與電話之間的關係。

遙遠的設備伴隨著思緒上下翻騰，腦中閃過的是長途電話另一端其他的臉，不同的聲音，撥號盤組合又拆散的噠噠聲，態度與心情，仍然無法確認我執著於遠距聯絡的理想對象。一切開始混淆不清：臉孔，名字，聲音，安特衛普、蘇黎士、漢堡的號碼。我並沒有對某個號碼多一份期待，不是爲了接通與否，也不是爲了——一旦接通後——我能說的或聽到的。只是爲了讓我不放棄與安特衛普、蘇黎士、漢堡或其他有你或沒有你的城市有所接觸的堅持：其實在撥了整整一個小時的號碼後我已經忘記你在哪裡。

有些事情，不管電話有沒有打通，我都要告訴你：在安特衛普的你，在蘇黎士的你，或在漢堡的你。我要你知道我與你眞實的相遇不是在安特衛普、蘇黎士或漢堡我開完會晚上看到你的時候，那不過是我們關係順理成章、理所當然的部分：爭執、合好、懊惱、重燃愛苗；任何城市任何對話對象重複的是我跟你的關係。我一回到你所在的城市，在你知道我回來之前急忙撥的此刻只要打哥特堡、比爾堡、或馬賽市內電話（我已不記得自己身在何處）就可接通的哥特堡、比爾堡、或馬賽的號碼皆是如此。但這一刻我不是要跟那個號碼說話；我要的是你。

這就是我——反正你也聽不見——要告訴你的。那些號碼跟你的號碼一樣難記，我撥了一個小時，卡薩布蘭卡，撒洛尼克，瓦都茲：很抱歉讓你們守在電話旁邊等我；電信服務越來越糟了。當我聽到你們其中一個回答說「喂」的時候得小心別弄錯，提醒自己最後撥的號碼是誰的。那些聲音我還認得出來嗎？我在無聲中等待太久了。

既然沒有一個人的電話有回應，乾脆告訴你們，告訴你和所有其他人：我的偉大計畫是將世界電信網絡轉化成我自己的勢力範圍以廣爲傳達並吸引愛的悸動，利用這項設備作爲我個人的利器擁抱整個星球。要守在電話旁邊，包括在京都、聖保羅的你們。

不幸的是雖然我掛斷再拿起，敲打通話鍵，電話依然占線。這會兒甚至再也聽不見任何聲音，我被隔絕於所有線路之外。別驚慌。應該只是暫時故障。等我。

# 冰河期

要冰塊嗎？要？那我到廚房去拿。「冰」這個字迅速在她和我之間蔓延開來，將我們分開，或是讓我們結合，不過是讓湖岸相連的那薄薄一層冰。

我最不喜歡做的事就是準備冰塊。被迫打斷剛剛開始的談話，就在我問她：喝點威士忌嗎？而她說：謝謝，一點就好，我說：要冰塊嗎？的關鍵時刻。我只得彷彿遭放逐般朝廚房走去，跟不願離開製冰盒的冰塊搏鬥。

沒問題，我說，幾秒鐘的事，我喝威士忌也都放冰塊。眞的，杯子裡清脆的叮噹聲陪著我，讓我在人聲鼎沸的場合中忘卻吵雜，不致在喧囂吵嚷中隨波逐流，當她出現在我視線範圍內、身影映入我的威士忌杯時，便走出了那份喧囂，亮麗的她穿過兩間煙霧迷漫、音樂震天響的房間之間的走道向我走來，我拿著我的杯子佇立原地，她亦然，她隔著冰塊般清透的威士忌杯看見被陰影遮蔽的我，不知道她是否聽見我跟她說的話或許因為我並未開口，我只晃了晃杯子，漂浮的冰塊發出叮鈴鈴的聲音，她也在玻璃和冰塊的合奏中說了什麼，但萬萬沒有想到今晚她會到我家來。

打開冷凍室，不對，關上冷凍室，我得先找到冰桶。稍後一下，我馬上回來。冷凍室是極地洞窟，倒懸著一根根小冰柱，製冰盒周圍結成一攤冰，我使勁拔，指頭也變成白色。雪屋中愛斯基摩新娘等待著在浮冰間迷了路的海豹獵人。現在只須輕輕一壓，冰塊將傾巢而出，結果不然，冰塊結成偌大的冰板，把製冰盒倒轉過來也掉不下來，放到水槽裡，打開熱水，水柱打在冰板上吱吱作響，我白色的指頭轉為紅色。弄濕了襯衫袖口，感覺很差，要說我有什麼不喜歡的，那就是一圈濕答答的布黏在手腕上的感覺。

你放個音樂吧，我弄冰塊馬上就來，怎麼樣？因為我水龍頭沒關她沒聽到，老是有東西妨礙我們聽見或看見對方。就連在走道上，長髮半遮面的她講話時也剛好卡在杯緣，感覺上她在杯子、在冰塊那頭露齒而笑，她重複說：冰——河——期？彷彿我跟她說的一切她只聽到了這個字，我在溶化緩慢的冰塊這頭說話，頭髮同樣披散在眼前。

抓住製冰盒的邊緣敲打水槽邊緣，只有一塊冰塊剝落，掉出水槽外，會在地板上溶化成水，得撿起來，但冰塊掉到碗櫃下面了，我只好跪下來，伸長了手，冰塊從指間滑過，終於撿起來丟到水槽裡，回頭再把製冰盒倒轉放到水龍頭下。

是我跟她說冰河將再度覆蓋地球，整個人類歷史是建立在兩個冰河期之間眼看即將告終的間隔期，到時候微弱的陽光有氣無力地照著遍地的白霜，麥子在日照消失之前累積的熱能在酒發酵的時候再度回流，太陽與冰的戰火延燒到酒杯底，冰山在漩渦的弧線中漂流。

三、四個冰塊突然掉落水槽，還來不及把製冰盒倒轉回來，所有冰塊咚咚咚一股腦掉了下來。我手忙腳亂要把水槽中的冰塊撿回冰桶裡，分不清哪一個是剛才掉到地上弄髒的那個，只好逐個清洗，用熱水，不行，用冷水，冰塊已經開始溶化，冰桶底部汪著一灘水。

來自北海的冰山密密麻麻地順著波斯灣海潮漂流，宛如一群巨大的天鵝朝熱帶前進，阻塞了港口，登陸河口三角洲，高聳如摩天大樓的銳利冰刃插入摩天大樓的幃幕玻璃牆中。先是接二連三的碎裂聲吞沒所有城市，劃破北國夜晚的寂靜，之後天崩地裂的聲音漸趨緩和、平息。

不知道她在那裡幹什麼，靜悄悄的，半點聲音也沒有，她可以來幫我呀，這位小姐，連問一聲需要我幫忙嗎？都沒有。好在我已大功告成，用廚房抹布擦乾了手，可是我不希望手上留有廚房抹布的味道，最好再洗個手，用什麼擦手呢？地表儲存的太陽能不知道夠不夠在下一個冰河期維持人體體溫，還有酒及愛斯基摩新娘雪屋的太陽熱。

我回來了，可以安心喝我們的威士忌了。你看她不出聲在那裡幹了什麼好事？她把衣服脫了，赤身裸體躺在皮沙發上。我想邁步朝她走去，可是客廳被冰團團包圍：地毯和家具上結了一層刺眼的冰，天花板上懸下一根根鐘乳冰石，結成透明的冰柱，我和她之間豎起一道厚實的冰板，我們是被封在冰山裡的兩具軀體，透過在微弱陽光下閃閃發亮的鋒利多角冰牆望著若隱若現的對方。

# 水之呼喚

我伸長了手，握住淋浴龍頭，慢慢往左轉。

剛起床的我仍滿眼睡意，不過對自己果斷、慎重其事以開展一天的動作卻意識清楚，讓我同時接觸到文化與自然，接觸人類千年文明及造就了地球的神權時代的掙扎。淋浴，是爲了確認我是水的主宰，確認我也擁有人類代代相傳的對水的特權，只須扭開龍頭水就來，活在可以隨時揮霍水的時代和地方。我知道這樣的奇蹟每天重演並非易事，所以開水龍頭時不應該漫不經心、不以爲意，需要全神貫注，發自內心。

應我召喚，水自管道上升，虹吸設備受壓，抬高或放下浮球以調節水箱水位，壓力一旦改變，水便奔流向前，透過管道將指令傳遞出去，通知所有集管，將儲水槽的水排掉再裝滿，沿著陡坡滲流而下的冰川水、從地下抽取的水、岩壁間滴落的水珠、大地裂縫吸收的水氣、天空降下的雨水雪花冰雹，週而復始地匯集累積，然後施壓於集水水庫，通過淨水池的過濾系統，沿著輸水管被送到城裡去。

右邊調冷熱，左邊龍頭則大開以便潑些水在臉上讓自己完全清醒，我感覺到幾千里外清透、沁涼、微弱的水流越過山嶺河谷草原經過綿延數公里的引水渠向我湧來，感覺到寧芙女神正輕移蓮步朝我走來，即將現身輕撫擁抱我。

可是在從蓮蓬頭噴灑出來之前水滴滴答答延遲了一下，然後才精神飽滿地傾洩而下，得等上整整一秒鐘，令人心慌的一秒鐘，沒人能保證這個世界不會像我們周圍的星球變得乾涸、沙塵化，也沒人能保證水會不虞匱乏，讓遠在水泥、柏油城堡中，離水源或水庫千萬里的我還能在手心掬一瓢水。

去年夏天嚴重的乾旱襲擊北歐，電視螢幕上看到的是廣袤的荒漠，原本滔滔的江河羞赧地露出乾巴巴的河床，牛群伸長鼻子在泥巴堆中尋找一絲清涼，人們帶著鍋碗瓢盆在一座小噴泉前面排隊。腦中閃過一個念頭，難道我到今天爲止所擁有的豐沛水源只是一場幻夢，水有可能再度成爲稀有資源，得花力氣運送，水販扛著水桶沿街叫賣，鼓勵口渴的人買一杯珍貴的甘泉。

儘管此刻我有一股強烈慾望想要操控水龍頭，但立時回過神來，意識到自己對大權在握的狂熱是多麼的愚昧和空洞，然後提心吊膽、謙卑地等待水管微顫宣佈水的到來。萬一只是空氣通過空管所以顫動呢？我想到撒哈拉沙漠毫不留情擴張它的勢力範圍，看到熱浪中海市蜃樓的綠洲，想到波斯那塊旱土，藉地下渠道將水引向灰藍的圓頂城市，渠道路徑跟當年駕著篷車由裏海下到波斯灣、黑色帳棚下蹲著以鮮豔面紗遮臉的女人從皮囊中倒水煮茶的諾曼地人的路線一樣。

仰著臉等待一秒後水珠從水垢斑斑的鍍鉻蓮蓬頭奔流而下撒在眼皮上解放我惺忪的眼睛，蓮蓬頭在我看來像是火山口滿佈、千瘡百孔的月球表面，不，像在飛機上下望伊朗沙漠看到的一個個規則排列的白色環形口，那是三千年來水的行徑路線：地底的「瓊漿」每隔五十公尺便經由這些井得見天日，還可以用繩索吊人下去進行管道維修。我也假想自己是在那幽暗的環洞裡，頭上腳下掉入蓮蓬頭的出水孔中，亦即瓊漿井裡，探尋只聞其聲不見其形的水源。

僅幾分之幾秒的時間我又重新分辨出高與低：水在曲折、蜿蜒的攀升路徑結束後，從高處躍下。將水導入乾渴的人類文明的人工路線，不管是地下或地面，與自然的水徑並無軒輊，只是人類對待這生命之泉的奢侈在於讓水抵抗地心引力，先升後降：水舞噴泉，還有水簾。古羅馬引水渠道雄偉的連拱支撐的是懸在空中的輕盈水流，十分弔詭：笨重的千年建物承載的是流動、稍縱即逝、抓不住的透明液體。

我豎起耳朵聽在上方盤旋的凝置水流，層層傳遞的水管震動。感覺到被微傾的連拱渠道、還有更高處與奔竄的水流競跑的雲朵劃出犁溝的羅馬郊外的天空就在我頭上。

渠道的終點永遠是城市，尼尼微和它的花園，羅馬和它的公共浴池，巨大的吸水海綿。那是一個透明的城市，在石縫間不停遊走，阡陌縱橫的水紋織成牆壁與道路。以地表的隱喻來看城市，那是一塊磐石、未經切割的鑽石或黝黑的煤，但每一個大都會也可以被看成一個巨大的流體結構，由水平垂直的水線界定的空間，一層層如汪洋如潮水如浪花，人類就在這裡實現了他們夢寐以求的理想兩棲生活。

或許城市實踐的是對水的深切渴望：上升、噴灑、由低處往高處爬。每個城市在居高臨下中得到滿足：曼哈頓將水塔抬至摩天大樓頂，托雷多幾世紀以來都得到泰葛河下游用騾子馱回一桶一桶的水，直到多愁善感的菲利浦二世突發奇想興建一座「人造汲水塔」沿著峭壁將阿卡梨河河水搖搖晃晃地一桶桶打上來，奇蹟僅曇花一現。

所以我並非以理所當然的態度看待水，而是抱著歷經千辛萬苦終於爭取到自由、幸福，與情人會面的心情迎接水的到來。爲了與水建立親密關係，羅馬人將公共浴池設在他們公共生活的中心；今天這份親密關係則是我們私人生活的核心，在蓮蓬頭下面我看過多少次涓涓水流沿著你的玉肌徐徐滑落，水神水仙水精，而今水再度應我的召喚而來，在綿密的水簾中看你再一次出現消失。

# 鏡子，靶

青春期的我，常常對著鏡子做鬼臉長達數個鐘頭。並不是因爲我模樣俊俏所以百看不厭，而是因爲我根本就不喜歡我的臉，做鬼臉讓我有機會試試看其他相貌，出現又隨即被取代的相貌，這樣我才能假想自己是另外一個人，彤形色色、各有千秋的人，這些人輪流粉墨登場，我就是他們，或應該說他們每一個人變成他們之中的另一個人，而我根本就不存在。

有時候換了三、四個，或十來個不同的鬼臉後，我會告訴自己比較喜歡其中某一個，扭動著臉上線條試圖讓剛才比較順眼的那張臉再度出現。怎麼可能。做過的鬼臉一旦消失，就無法重現，再回到我臉上。爲了找尋，我做了一個又一個鬼臉，全新的，陌生的，虎視眈眈的，我要找的那張臉卻越行越遠。嚇，跳，決定放棄，恢復我原本的那張臉，愈看愈覺平凡。

我的這些練習很少能持續太久。常常某個聲音會將我拉回現實生活中。富振茲歐！富振茲歐！你在哪裡？又來了！你這個小白痴一天到晚在做什麼我還會不知道！富振茲歐！你看，又被我抓到你在鏡子前面做鬼臉了吧！

匆忙間我接連變換出作錯事被當場逮到、士兵立正站好、聽話的乖小孩、智障、黑幫老大、小天使、怪物等幾個鬼臉。

富振茲歐，跟你說過多少遍不要一個人悶著！你看窗戶外面！你看綠油油的大自然在歡唱、飛舞！你看城裡熱鬧滾滾人聲沸騰活蹦亂跳，可以發洩鍛鍊成長！我家每個人都高舉手臂指著外面，認爲那裡應該有吸引我、振奮我、激發我——他們認爲我欠缺——活力的東西。我看了又看，順著他們的食指望出去，努力對爸爸媽媽叔叔阿姨爺爺奶奶哥哥姊姊弟弟妹妹堂哥表弟老師教官代課老師同學同伴建議的事物感興趣。可是我實在不覺得有什麼特別的。

其實在那些事物後面說不定有其他東西，而那些，才能引起我的興趣，應該說讓我好奇不已。偶爾我會看到一些東西或人出現然後消失，還來不及分辨是什麼，我已經急急跟在後面。我對所有事物的反面都感到好奇，房子的反面，花園的反面，街道的反面，城市的反面，電視的反面，洗碗機的反面，海的反面，月亮的反面。可是當我了解反面是怎麼回事之後，才發現自己追尋的是反面的反面，不對，是反面的反面的反面，唉，是反面的反面的反面……。

富振茲歐，你在幹什麼？富振茲歐，你在找什麼？你找誰啊，富振茲歐？我不知如何回答。

有時候，在鏡底，在我的影像後面瞥見我還來不及看清楚就躲起來的她。我在鏡中探索的不是我自己而是我身後的那個世界，別的都無法引起我注意。我正準備轉過去看卻發現她在鏡子的另一端。我的眼角每每都在不經意間發現她，就在我想定神看時她便消失不見。她速度雖快，但動作柔軟、流暢猶如在水底潛游。

不管鏡子，就從我看到她消失的地方開始尋找。——歐提莉亞！歐提莉亞！——我這樣叫她，因爲我喜歡那個名字，我想我喜歡的女孩只能這麼叫。——歐提莉亞！你躲在哪裡？——我有一種感覺，她近在咫尺，就在我面前，不對；在後面，不對；轉彎了，不過我總是比她晚一秒才到。——歐提莉亞！歐提莉亞！但他們若問我歐提莉亞是誰，我可不知道怎麼回答。

富振茲歐，要搞清楚自己到底要什麼！富振茲歐，你不能老是這麼沒頭沒腦的！富振茲歐，你總得有一個目標吧，或一個目的，一個箭靶，朝著目標前進，要拿好成績，要贏得比賽，要賺大錢，要存很多錢。

我的目標是終點，集中力量、意志，可是終點就是起點，我的力量是離心力，我的意志只想放鬆。我努力不懈，學日文，拿到航空文憑，贏得舉重冠軍，存了成千上萬個百元硬幣。

富振茲歐，要勇往直前！我卻跌跌撞撞。富振茲歐，不要三心二意！我卻原地打轉，左右搖擺。孩子，要不畏艱難！可是難關往往卡得我進退不得。

我沮喪到連鏡子裡的鬼臉都不能安慰我。鏡子裡不再有我的臉，也不見歐提莉亞的身影，只有如同月球表面四散的疙瘩。

爲了讓自己的性格更堅強我開始練射箭。我的心和動作應該變成一支箭循著看不見的路線射向一個定點，射向所有中心的中心點。可是我沒有準頭。我的箭永遠射不中紅心。

箭靶如此遙遠彷彿另一個世界，一個線條乾淨、顏色單一、規則、方整、和諧的世界。活在那裡的人凡事果斷、俐落，不囉唆；對他們而言線就應該是直的，圓要用圓規畫，直角得用尺……。

我第一次看到柯玲娜就知道她屬於那個完美世界，而我是被排除在外的。

柯玲娜舉弓，然後咻！咻！咻！一支支箭正中靶心。

——你是射箭冠軍吧？

——世界冠軍。

——你有不同的拿弓姿勢，而每一次箭還是不偏不倚射中箭靶。你是怎麼辦到的？

——你以為我在這裡箭靶在那裡。你錯了，我在這裡也在那裡，我既是射箭的人，也是受箭的靶，我是疾馳的箭，也是射箭的弓。

——不懂。

——等你有一天也是這樣的時候，你就會懂了。

——我可以學嗎？

——我可以教你。

柯玲娜第一堂課跟我說：——你的眼神飄忽不定，要練習長時間盯著箭靶看，專心看。盯著它，直到你整個人陷入其中，相信這個世界只有箭靶，而你就在箭靶中心的紅點上。

我對著箭靶沉思冥想。望著它能給我一種安全感，只是現在卻越想越覺疑惑。有時候紅心好像是突出於綠色的淺浮雕，有時候反而綠色浮起紅色下沉。線條之間出現了高低差、峭壁、深淵。紅心或在漩渦底或在尖塔頂端，一波波散開的圓圈令人暈眩。我以為那些弧線之間會伸出一隻手、一個胳臂、一個人……。歐提莉亞！立刻想到她。趕緊拋開這個念頭。我想的應該是柯玲娜，不是歐提莉亞，她的出現會讓箭靶如同肥皂泡一樣破滅。

第二堂課柯玲娜跟我說：——箭射出去的剎那人要放鬆，但是在那之前應該是緊繃的。你若想像弓一樣精準，得先學會兩件事：一是把心思集中在自己身上，還有拋開所有情緒。

我如弓弦般繃緊、放鬆，然後咻！再一次，咻！咻！我如琴弦振動，波及空氣，漣漪般向外擴散掀動起風。咻咻聲中，一張吊床在晃動。我躍起在空中迴旋，看到歐提莉亞蜷臥在吊床的弦緯之間。振動趨緩，我落地。

第三堂課柯玲娜跟我說：——把自己想成是奔向靶心的那支箭。

我飛，劃過天空，說服自己是一支箭。可是我引爲範例的那支箭是支沒有方向亂射的箭。我四處去撿掉落的箭。走到荒蕪、遍地石頭的一處荒地。是我的影像在鏡子中的投射？是月亮？

亂石間我找到我的箭，栽在沙土中，箭桿折彎了，尾羽七零八落。歐提莉亞也在那裡。氣定神閒在散步，彷彿身在花園中，摘花追蝴蝶。

我——歐提莉亞，你怎麼在這裡？這是哪裡？是月亮嗎？

歐提莉亞——我們在靶的反面。

我——所有失誤的箭都在這裡？

歐提莉亞——失誤？射箭沒有什麼失誤不失誤的。

我——可是這裡這些箭沒有靶可射。

歐提莉亞——這些箭會生根，長成樹林。

我——我只看到廢物、碎片、瓦礫。

歐提莉亞——瓦礫片片堆起就成了摩天大樓。摩天大樓層層相疊就是瓦礫。

柯玲娜——富振茲歐！你在哪裡？看靶！

我——我要走了，歐提莉亞。我不能在這裡逗留。我得去靶的另外一面了……。

歐提莉亞——爲什麼？

我——這裡好奇怪，暗淡，亂七八糟……。

歐提莉亞——看清楚。靠近一點。你看到什麼？

我——地上有很多顆粒、斑點、凹凸隆起。

歐提莉亞——走過這些顆粒、斑點、紋路，你會發現一座花園的鐵門，裡面有花，有水池，我也在那裡。

我——我觸到的都好粗糙、乾涸、冰冷。

歐提莉亞——張開你的眼和耳。感覺城裡的紛擾和閃爍，燈火通明的窗戶與櫥窗，號角與鈴鐺，白人黃人黑人與紅人，一身綠衣藍衣橘衣和紅衣。

柯玲娜——富振茲歐！你在哪裡！

我身陷歐提莉亞的世界，那個迷霧、花園城市裡無法自拔。這裡的箭不但不直飛反而兜圈子，沿著無形的路線纏繞、拆解，打結、鬆綁，最後仍能射中箭靶，不過是另一個箭靶。

奇怪的是，我明知道世界是如此複雜不規則說不清理還亂，卻又覺得需要理解的事物少之又少而且簡單，一旦理解後，萬事萬物就像圖畫線條一般清晰明瞭。想說給柯玲娜，或歐提莉亞聽，只是好一陣子沒有看見她們兩個了，另外一件奇怪的事是，我老把她們兩個弄混。

有好長一段日子沒照鏡子了。一天偶然經過鏡子前面，我又看到五顏六色的箭靶。我側了側臉換個角度，箭靶還在。——柯玲娜！——我高喊。——柯玲娜！你看，我做到你的要求了！——然後想到我在鏡子裡看到的不只是我，而是全世界，所以要找柯玲娜我得到那裡去，在那五彩線條中尋找。歐提莉亞呢？或許歐提莉亞也會在那裡出現、消失。我如果凝視箭靶—鏡子夠久，從同心圓冒出來的會是柯玲娜還是歐提莉亞呢？

有時候，在熙來攘往的城市裡我會覺得好像遇見她們兩個其中一個，有話要對我說，但這都發生在地鐵兩列電車反向交會而過的時候，歐提莉亞——或柯玲娜？——的影像就會出現然後消逸無蹤，接著是車窗上諸多瞬間即逝的臉孔，彷彿當年我對著鏡子做的鬼臉。

# 卡薩諾瓦回憶錄 ❶

## 1

我住在XXX的期間，固定有兩個情婦：凱特和伊達。凱特每天早上來，伊達下午來；晚上我出現在社交場合大家總訝異地發現我是獨自一人。凱特豐腴，伊達纖細，在她們的交替中我重新燃起傾向多變而非重複的慾望。

凱特一走我就抹去她的蹤跡，伊達也一樣；我相信兩者始終互不知情，即使是今天。當然難免我會搞錯跟這個說了應該跟另一個說的話：「我今天在花鋪買到你最喜歡的這種花。」或是「這回別又把你的項鍊忘在這裡嘍。」結果無端引起錯愕、爭執、疑心。不過這些小失誤，如果我沒記錯的話，只有在三角關係剛開始的時候才會發生。很快她們便學會無視於另一個故事的存在：每一個故事都有自己的脈絡、對話的延續性和習性，無需介入他人。

我起初還以爲（我當時很年輕，還在累積經驗）愛情知識是可以互相傳遞的：她們兩個懂得都比我多，我是想可以把從伊達那裡學到的訣竅教給凱特，反之亦然。根本是我自欺欺人，結果把只有發自內心才具價值的種種攪和得不成樣。她們各擁一片天，各有不同的星象、軌道、日蝕、交角、交會、冬至和春分。每一片蒼穹都有自己的程序與律動。我不可能把觀察凱特的心得套用在伊達的身上。

只不過我夾在兩種行爲路徑之間，選擇的自由也被剝奪了：跟凱特在一起我是一個樣子，跟伊達在一起又是另一個樣子；我完全被枕邊人制約，就連我的癖好或惡習都受影響。我心裡有兩個我在交戰，已經分不出哪一個才是眞正的我。

我指的不僅是肉體方面，還有心理層面：跟一個說過的話不能跟另一個重述，我發現要替換的還包括想法。

當我興致一來談起我一生冒險的種種經歷時，通常會沿用我在社交場合發表過的版本，串場部分，甚至含糊其詞和停頓等事先想好的效果也都一字不改。可是某些可以引發外人或不相干的人莫大興趣的段落，在跟凱特或伊達獨處時若未經過修飾就說不出口。講給凱特聽時如行雲流水的部分，說給伊達聽時就失了趣味；伊達一聽就明白而且觸類旁通的俏皮話，我反而得解釋給凱特聽，反之，凱特卻對伊達聽了沒有反應的話興致勃勃；有時候結局也因爲描述的事件因人而異開始有所不同，故事的走向漸漸分歧。結果我的一生演變出兩個截然不同的版本。

我每天跟凱特和伊達敘述前一天聚會、應酬時的所見所聞：流言、奇聞、名人、時尙、軼事。最初我吊兒郎當滿不在乎，早上跟凱特說過的下午又照本宣科跟伊達複誦一遍：本以爲這樣可以不用每次費神去想怎麼說才引人入勝。可是我發現同樣一件事這個人有興趣另外一個則否，或者，就算兩個都感興趣，但詢問的細節，還有評語及意見也都大相逕庭。

所以我得自一個提示發展出兩套迥異的故事，這倒罷了，我還得每晚以不同的立場經歷我第二天要敘述的所有事情：分別以凱特和伊達的角度觀察每一個人事物，再依她們兩個人不同的標準予以評斷；交談時我會對他人的同一句話表達出兩種看法，一種是伊達的，一種是凱特的，而每一種看法得到的回應我又得再各表意見。我一人分飾兩角並非因爲有她們在身邊，相反的，正是因爲她們不在現場。

我的心變成兩個女人的戰場。不爲外界所知的凱特和伊達，在我心裡一次又一次正面衝突，展開拉鋸戰，廝殺、互殘。我的存在只是爲了提供她們一個互不知情的殊死作戰的沙場。

這就是我突然離開XXX的眞正原因，而且再也沒回去過。

2

伊瑪吸引我是因爲她讓我想起迪絲。我挨著她身邊坐：只要她身體微側向著我以手遮臉（我輕聲細語跟她說話，她笑得花枝亂顫），迪絲恍若就在身邊的感覺分外強烈。幻覺引發回憶，回憶引發慾念。我握住伊瑪的手，暗示她。接觸，和她的反應告訴我，她不一樣。原來那份感覺並沒有因此而被抹滅，但這種感覺凌駕於另一種感覺之上，而且別有一番情趣。我於是明白伊瑪可以給我雙重的快樂：藉由她可以重溫已逝的迪絲之情，同時在她陌生的懷抱中經驗前所未有的感受。

每一個慾念都會在我們心裡留下記號，像搖擺間攀升的直線，然後墜落。這條線撩起我心中對迪絲的思念，而在墜落之前與我對伊瑪的好奇之線交會，給這幅有待完成的畫上升的助力。計畫有待實踐：我對伊瑪獻足了殷勤，直到她同意夜裡來我房間。

她進來。披風鬆落。一襲白色薄紗睡衣，風吹過（因爲是春天所以開著窗）隨之飄揚。那一刻我明瞭與預期不同的機制左右了我的感覺與理智。占據我全副心神的是伊瑪，她的人，她的肌膚、聲音、眼神，至於她與迪絲的神似偶爾浮現在我腦海，只是干擾，讓我急於甩掉。

於是我跟伊瑪的每一次見面都得與迪絲的陰影抗爭，她不斷介入我們之間，而每一次我覺得就快要能掌握眞正的伊瑪，拋開一切建立兩人忘我的親密關係的時候，對我而言已是過去的迪絲卻揮之不去，讓我無法以新的心情體會。迪絲的記憶和身影只讓我覺得不舒服、壓抑、苦惱。

黎明從窗隙滲入灰白的曙光，我知道我跟伊瑪共度的時光不僅限於即將結束的這一晚，還會有類似的夜晚，我將在另一個女子身上尋覓我對伊瑪的回憶，在找到之前痛苦煎熬然後再次失去，層層糾葛無法擺脫。

## 3

二十年後我與圖莉亞重逢。命運，讓我們相識，卻在我們意識到彼此的愛意時讓我們分離，現在終於可以重拾中斷的故事。「你—妳一點都沒變。」我們跟對方說。說謊嗎？

不完全：「我沒變。」才是我和她想要告訴她和我的。

這回兩個人都很期待故事發展。一開始我傾心於圖莉亞成熟的風韻，但漸漸我發現自己對圖莉亞的年輕風采仍念念不忘，一直試圖在兩者之間找到延續。結果我們無意識地玩起一個遊戲，假裝彼此分離不是二十年而是二十四小時，我們的回憶宛如昨日。很美但不眞實。回想當年的我和她，覺得彷彿兩個陌生人：可愛，親切，令人憐惜，可是就是看不出他們和此刻的我們有什麼關聯。

我們爲過去短暫的相遇而惋惜。是爲逝去的青春而惋惜吧？不過我對現況很滿意不覺得有任何缺憾，圖莉亞亦然，現在我認識她更深發現她是一位活在現在對過去毫不眷戀的女子。我們爲當年可以擁有卻錯過的感到遺憾嗎？或許有一些，並不全然：因爲（沉浸在今天所擁有的喜悅中）我覺得（也許我錯了）如果我們以前如願在一起，今天的快樂就會少一點。要說惋惜，大概是爲那兩個年輕人，那兩個「外人」所失去的，還有這個世界每分每秒所失去且無法挽回的一切感到可惜。富足的我們對那些無緣人投以同情的目光：很奇妙的感覺，讓我們更自得於自身的優越。

從我跟圖莉亞的故事可以得到兩個完全相反的結論。再次相逢抹去了二十年的分離和虛度；但也可以說確認了那段空虛、絕望。那兩個人（那時候的圖莉亞和我）從此訣別再也不會相見，向現在的圖莉亞和我求救也是枉然，因爲我們（戀人是絕對自私的）已將他們忘得一乾二淨。

## 4

其他女子我記得的是手勢，說話的樣子，或聲調，像簽名一樣可以清楚辨識每一個人的身分。蘇菲亞則否。應該說我記得她很多東西，太多了：眉眼、腳踝、腰帶、香水、許多偏好與堅持、會唱的歌、心底的祕密、做過的幾個夢；這是我對她保存的記憶，但遲早會遺忘，因爲我找不到一條可以把這些串起來的線，也不知道這裡面哪一個可以代表眞正的蘇菲亞。細節之間有些空白，一個個檢視，可以是她的也可以是別人的。至於我們兩人的親密關係（我們祕密幽會長達數個月），我記得她每一次都不一樣，對我這麼一個擔心習慣久了會變遲鈍的人而言算是優點，可是現在卻成了缺點，我根本不記得我爲了什麼三番兩次去找她。簡單說，就是我完全沒印象了。

或許我一開始只是想知道自己究竟喜不喜歡她：所以我第一次見到她就疲勞轟炸問了她一堆問題，甚至有些失禮。而她，本可以避重就輕，卻夾雜不清、拐彎抹角、巨細靡遺、知無不言、天馬行空地回答我每一個問題，儘管我很努力、認真地聽她說，卻越聽越迷糊。結果等於她什麼也沒回答。

想用另一種語言來溝通，我大膽撫摸了她一下。蘇菲亞的動作雖然是在閃躲、迴避我，可是在拒絕的同時，她讓我的手在她身上某些部位撲了個空，卻掠過其他地方，交手的結果是我與她肌膚的接觸縱使短暫但全面。簡而言之，觸覺上接收到的訊息一點也不遜色，雖然跟聽覺一樣鬆散沒有章法。

我們很快便打得火熱。她是唯一一個在我面前褪去有形的衣衫，也褪去社會約定俗成的矜持那層無形衣衫的女人，還是在我面前的不止一個女人？誘惑我的是哪一個，拒絕我的又是哪一個？不止一次我在蘇菲亞身上有出乎意料的發現，我始終不知如何回答她問我的問題：你喜歡嗎？

今天，回想起來，我有新的疑問：是我面對毫不掩飾的女人沒有能力去了解她？還是蘇菲亞使心機故意表現大方以避免被我俘虜。我告訴自己：所有女人當中，就只有她躲開了我，彷彿我從未擁有過。我曾擁有過嗎？再問：擁有過誰？還有：擁有誰？擁有什麼？擁有是什麼意思？

# 5

我認識芙薇亞的時機正好：命運讓我成爲她年輕生命中的第一個男人。不幸的是我們的緣分太短，當時環境使然我不得不離開城裡，我的船已在海灣等候，明天啓程。

我們兩個都知道不會再相見，也知道這都是命，無法扭轉；所以不同程度的理智壓抑了我們不同程度的悲傷。芙薇亞預見我們關係中斷後的空虛，同時也預見重獲自由和接踵而來的其他可能；我生命的插曲只得寄望未來：對這一點我早已了然於心，對她我則提早貫徹我自己啓發的愛的使命。

在我離去前最後幾次繾綣中忍不住會想自己只是芙薇亞漫長情史中的第一個罷了，重新評估我們所做的一切在她經驗中的意義。我知道她在這段愛情中全心投入的每一個細節都將在短短幾年內變爲女人的她的心中留存、評斷。此刻，芙薇亞沒有成見毫無保留地接受我，在不久的將來便會拿我跟其他男人比較；關於我的每一個記憶都會受到挑戰、剖析、批評。在我面前的還是那沒有經驗，視我爲她的唯一的女孩，於此同時，我覺得未來那個挑剔、覺悟的芙薇亞正在觀察我。

我的第一個反應是害怕被拿來跟別人比。我腦中浮現的芙薇亞未來的男人個個都能讓她神魂顛倒，這我就辦不到。芙薇亞遲早會下斷語說我不配有這個福氣，因爲失望，因爲諷刺，所以她記得我。我嫉妒我的後繼者，我可以感覺到他們已經蠢蠢欲動等著把芙薇亞搶走，我恨他們，也恨她，因爲命運將她交給了他們……。

爲了逃避這份焦慮，我開始逆向思考，從自我否定變成自我肯定。輕而易舉：我本性傾向於高估自己。芙薇亞何其幸運先認識我，只是拿我作爲典範，她將會面臨殘酷的幻滅。她在我之後遇到的男人都會讓她覺得粗魯、懦弱、傻氣、愚蠢。天眞無邪的她會以爲我的種種優點是男性普遍的美德；我得提醒她若妄想在別的男人身上尋找我的影子，她將會大失所望。想到芙薇亞在這麼一段快樂的時光後會落到無恥之徒的手中，會受欺負，受傷害，會淪落，我就全身發抖，毛骨悚然。我恨所有人，連她也恨，因爲命運將她從我身邊奪走，判她與令人洩氣的人爲伍。

不管從那個角度看，我想我的情緒應該是常聽人說起的「嫉妒」，我以爲自己已經免疫的心病。既然確認了我是嫉妒，那就擺出嫉妒的樣子吧。我把氣都出在芙薇亞身上，我說我受不了她在離別前夕還那麼鎮靜，我說她等不及要跟別人勾搭，我很過分，很惡劣。而她（當然是因爲沒有經驗之故）反而覺得我的心情大起大落很平常，一點都不擔心。還十分明理地提醒我說別把僅存的相處時間浪費在埋怨上。

於是我跪在她腳邊，求她原諒我，等她找到理想伴侶時別把我貶得一文不值，我只求她把我忘了。她以爲我瘋了，規定我只准用唯美言語描述相識的點點滴滴；要不然，她說，會破壞氣氛。

這倒提醒我要注意一下自己的形象，便又同情起芙薇亞未來的命運了：其他男人算什麼，我要告訴她她跟我在一起時感受到的圓滿，再也無法在別人那裡得到。她回答說她也爲我感到傷心，因爲我們的快樂是有她有我一起的結果，分開後誰也得不到快樂；總之，快樂想保存長久就不要從外面來界定它，我們只需沉浸其中。

當船起錨，而我站在甲板上向她揮舞手帕時，我以外人身分得到以下結論：芙薇亞跟我在一起的這段日子裡所關心的經驗既不是我，也不是愛情或男人，而是她自己。我不在的這段時間，已經揭曉的這項發現將繼續勇往直前。我只不過是個工具。

---

❶ 卡薩諾瓦（Giovanni Giacomo Casanova），十八世紀義大利作家，其回憶錄《我的生平》（*Memoires*）爲其著名作品，敘述自身的放浪生活，當時被歸類爲色情文學。

# 亨利・福特

訪問者——福特先生，我受託向您……身為委員會的一員我很榮幸告訴您……要豎立一座我們這個世紀代表人物的雕像……您因為對全人類……您對人類歷史……以及人類風貌……影響至為深遠……而獲選……。您的大作及思想……改變了整個世界，使其跟之前大為不同的，除了亨利・福特先生您還有誰？建立我們今天生活模式的不是亨利・福特先生還會是誰？所以我們希望您能同意我們的提議……並告訴我們您希望以何種方式呈現，採用怎樣的背景……。

亨利・福特——您看我現在……被鶯聲燕語所包圍……。我有五百座像這樣的鳥園……，我稱之為鳥兒別館，最大的一間是毛腳燕之家，有七十六間房；不論夏季或冬季，鳥兒都可以在我這裡找到落腳處，還有飲水與食物。整個冬天我讓人將裝滿鳥食的小籃子用鐵絲掛在樹上，水罐則安裝電子裝置以免水結冰。讓人在樹上準備各式人造鳥巢：鷦鷯喜歡懸在半空中的窩，隨風搖擺，這樣就不怕麻雀會佔去牠們的巢，因爲麻雀只選牢靠穩固的鳥巢。夏天我教人將櫻桃散在枝椏間，草莓撒在灌木叢裡，以便鳥兒在大自然中找到牠們的食物。全美國所有鳥類我都有，我還從其他國家進口小鳥：鵡、蒼頭燕雀、歐鴝、紫翅白頭翁、紅腹灰雀、松鴉、紅雀、雲雀……總共有近五百種品種。

訪問者——福特先生，我要問的是……。

亨利・福特——（突然變得很嚴肅，怒氣難抑，惱火）您認爲鳥不過是個毛茸茸、歌喉動聽的小動物，對不對？其實鳥絕對有牠們的經濟效益。可以消滅害蟲！您知道我唯一一次動員福特公司全體員工要求美國政府介入是爲了什麼嗎？是爲了保護候鳥！當時有一項立意絕佳的提案要劃定保護區可是擱置多時，那些議員永遠也找不到時間投票。反正他們看準了鳥又不會投票。於是我要求福特公司分布全美國的六千名員工發電報給自己選區的議員，後來華盛頓才開始關心這個問題……。法案終於通過。我可從來沒有爲政治目的動過福特汽車公司的腦筋：我們每個人都有權保有自己的看法，公司不應干涉。那一次雖然不擇手段，但目的是正當的，僅此一次。

訪問者——福特先生，倒要請教一下：您透過企業組織和機械化改變了整個地球的風貌……。這跟鳥有什麼關係？

亨利・福特——怎麼？您也跟那些其他人一樣認為是大型工廠害得樹木、花草、飛鳥和綠地絕跡？事實相反！只要我們懂得善用機器與工業，那麼就有更多時間享受大自然。我的觀點很簡單：耗費的時間與精力越多，就越無法享受人生。我不認為那些以我命名的汽車只是一般汽車，我期望它們能為我的人生哲學服務……。

訪問者——您是說您發明、製造、銷售汽車是為了大家可以遠離底特律的工廠，到林中聆聽鳥兒婉囀鳴唱？

亨利・福特——我最欽佩的人就是終其一生都在觀察、描繪鳥類的約翰・布洛葛❶。他誓死反對汽車及科技進步！但我最後還是讓他改變了心意……。我一生中最美的回憶就是與布洛葛還有其他大師及好友，像愛迪生，還有那個石油業的法爾史東❷共度的假期……。我們的旅行車隊浩浩蕩蕩橫渡艾倫達克、亞勒剛尼山區，夜宿帳棚，在夕陽下和瀑布的水花中沉思冥想……。

訪問者——您不覺得這樣……與您一貫為大眾所知悉的形象……福特主張……要怎麼說呢？有點脫離常軌……與本質相悖？

亨利・福特——不，這就是本質。美國史就是一部在尋找新的地平線的遷徙史，運輸工具史：馬匹、篷車、鐵路……。可是只有汽車才讓美國人有了美國。因為有了汽車，美國人才成爲美國擴張版圖的主人，每個人都是他運輸工具的主人，是時間的主人，也是無盡空間的主人……。

訪問者——關於您的塑像這件事我得跟您坦白說……跟這有些出入……背景是工廠……還有裝配線……。亨利・福特先生，您是工廠現代化、生產制度化的創始人……汽車首次成爲大量生產的產品：最有名的是「T車款」……。

亨利・福特——如果你們要找的是一段碑文，那就把我一九〇八年推「T車款」上市時的那段文宣刻上去好了。別搞錯，我的汽車從來不用打廣告！我向來認爲廣告沒有用，好的產品不用打廣告，它自己就是活廣告！那段話是我想要傳達的理念。與其說是廣告不如說是教育吧！您讀讀看。

「我要生產的是一輛大衆的車。夠寬廣可容納全家人，夠嬌小可符合個人需求。用最好的材料，最優秀的人才，以實現這現代科技所能想到最簡潔的設計。可是價格低廉，任何一個薪水階級都可以輕鬆擁有，與家人共享幾個小時身處大自然中的喜悅。」

訪問者——「T車款」……您說個人需求……可是底特律的工廠有將近二十年的時間只生產這個車款……。您還宣稱：「每個客人都可以自由選擇車的顏色，只要是黑色。」福特先生，您是這麼說的嗎？

亨利・福特——我是這麼說的，白紙黑字也是這麼寫的。否則您想我怎麼能降低售價，讓人人成爲有車階級？我若像仕女們每年換帽子那樣年年推出新車款，那還有可能嗎？流行是一種浪費，我深感不以爲然。我的想法是每一個零件都是可更換的，汽車才能永保如新。就是這樣汽車才從奢侈品搖身一變成爲生活必需品，回歸其根本價值……。

訪問者——那是產業思考模式的一次大革命。從那時候開始，全世界的產業都將焦點放在大眾消費、刺激消費需求。正因如此產業界的目標開始轉向生產快速消耗品，替換速度越快越好，以購買新產品……。您首創的產業系統反而導向與您初衷相違背的結果：商品迅速淘汰或過時，好讓位給那些未必較先前的產品爲佳只是更新、而市場接受度全賴廣告的其他產品。

亨利・福特——我的本意並非如此。之所以改變是因爲還沒有達到生產的最佳狀態，唯有如此才有最高的經濟效益及獲利。每一件事都有最佳且唯一的處理方法。一旦做到，爲何改變？

訪問者——所以您的理想是全世界的汽車都是一個樣子？

亨利・福特——大自然中沒有兩個完全一樣的東西。所謂相同—平等不過是人類錯誤、自尋煩惱的理想。我從來沒有高呼過相同—平等，也沒有排斥。我們再怎麼努力生產一模一樣的汽車，用一模一樣、可以隨時從一輛車上拆下裝到另一輛車上的零件組裝，相同的只是外觀。每一輛福特汽車上路以後，都或多或少與其他的福特車有些不同，一個好的駕駛在試過一輛車之後，只要坐到方向盤前，鑰匙一轉，就能在所有車中認出原來那輛……。

訪問者——您致力經營的那個世界……您從來沒有擔心過會太過制式、單調？

亨利．福特——單調是因爲貧窮。是無謂地消耗精力與生命。在我們人事辦公室外排隊的有義大利人、希臘人、波蘭人、烏克蘭人，從俄國和奧匈帝國來的移民，說著我們聽不懂的語言或方言。他們誰都不是，既沒有工作也沒有家。是我讓他們能夠抬頭挺胸，讓他們有一份工作，足以獨立自主的薪水，成爲可以掌控自己人生的人。我讓他們學英文，還有我們的道德價值：這是我唯一的條件，如果不同意他們可以走。只要你願意學，我從來沒有逼任何人離開過。他們和他們的家人全都入籍美國，就跟那些世世代代生於斯死於斯的美國人一樣。我不管他的過去，不問他做過什麼，從哪裡來，有沒有光榮事蹟。這個人是哈佛畢業或來自辛辛納提，我都不在意。我只關心他能做什麼，可以變成什麼樣的人！

訪問者——嗯……遵循同一個模式……。

亨利・福特——我知道您想說什麼。人與人之間的差異性是不可能視而不見的。體力、動作快慢、面對新環境的反應能力，都因人而異。我的想法是：將我工廠內的工作組織分類，使殘障者也能與正常人有同樣的產能。我把各部門的工作依體格，如壯碩，中等，行動遲緩或不便者亦可勝任等需求分類。結果顯示有二千六百七十三件工作可以由只有一條腿的工人擔任（假裝缺一條腿模擬執行機械操作），六百七十件工作可以由雙腿殘缺者擔任（模擬方式如前），七百一十五件工作可以由獨臂者擔任（模擬方式如前），兩件工作可以由雙臂皆殘者擔任（模擬方式如前），另外有一件工作可以由盲人操作。在倉庫清點螺絲一個盲人可以抵三個正常人用（模擬方式如前）。你們說這叫制式？我竭盡所能讓每一個人突破自己的障礙。就連病人也可以在我的醫院裡繼續工作賺錢。他們可以躺在床上鎖螺絲帽。而且還有助於提振士氣。病也好得快一點。

訪問者——可是這種裝配生產線……被迫將注意力放在重複的動作上，持續不斷、由機器操控的節奏……。不僅對創作是莫大的扼殺……，對身體的律動、依照呼吸和個人節奏來消耗體力這些基本的自由也是一種箝制……。永遠是那個動作，永遠用同樣的方式……。前景堪慮吧？

亨利・福特——對我而言，是的，前景堪慮。我是沒辦法整天重複做同一件事，而且天天如此。但不是每一個人都是這樣。絕大多數的人並不想做創意方面，需要思考、下決定的工作，只願意做些不傷腦筋、不花力氣的事。對他們而言機械性的重複、從事每一個細節都已安排妥當的工作教人心安。當然他們不能是那種靜不下來的人。您是嗎？我就是。我是不能從事千篇一律工作的那種人。而工廠裡絕大部分的工作都是千篇一律的，勞力性質的工作大多如此。

訪問者——那是因爲你們希望如此……。不管是工作或是人……。

亨利・福特——我們讓工作對操作者而言更簡單，獲利也提高。我們這些動腦的，您可以這麼稱呼我們，我們這些靜不下來的人，沒有找出最佳的做事方法是不會死心的……。您知道我是怎麼想到利用裝配生產線將組裝件送到工人面前而工人不用移動的？我是在芝加哥肉類罐頭工廠看到他們把一大塊一大塊的牛身掛在沿著頭頂上方軌道移動的架子上，以便抹鹽、切塊、去骨、攪碎……。那些牛肉就這麼晃呀晃地列隊前進……，白鹽朵朵飛舞……，刀刃霍霍……。我眼前就出現了「T車款」底盤送到工人面前鎖螺絲的畫面……。

訪問者——所以創作是少數人……負責設計……決定的人的專利……。

亨利・福特——不，這麼說就以偏概全了。以前的藝術家，我是說眞正的藝術家有幾個？今天我們就是藝術家，以生產及從事生產的人爲課題考驗自己！以前所謂創作不過就是在畫布上塗抹顏色，樂譜上串聯音符或小說中堆砌語言……。爲誰服務呢？爲寥寥幾個出沒畫廊、音樂會的厭世閒人。我們才是藝術家，爲數百萬人創造出就業機會！

訪問者──可是如此一來勞力工作的專業技藝就消失了。

亨利・福特──夠了！您翻來覆去一直在說同一件事。事實正好相反。專業技藝在組裝汽車和分工中得以完全發揮，讓弱勢者跟優勢者有一樣的產能。您知道一輛福特汽車是由多少零件組成的嗎？把螺絲釘和螺絲帽都算進去，差不多有五千件：大大小小，甚至還有跟手錶齒輪一般精密的零件。工人得在工廠裡走來走去找零件，走來走去放到位置上，走來走去找螺絲起子、扳手、銲槍……。一天就在這麼一來一回之間結束……。還有大家難免會擋到別人、互相干擾、擠成一團……你們要的有人性、有創造力的工作難道是這樣？我讓工人不需要在各部門間奔走，這樣叫沒人性？我讓工人不需要搬運重物，這樣叫沒人性？我視操作順序需要安排設備和工人，安裝有軌起落架或懸吊架，好減少工人手臂的動作。只要每天讓一萬個工人少走十步，就可以節省一百公里不必要的步行距離和體力的浪費。

訪問者──綜合來說，您是想節省汽車組裝工人的運動量，而汽車卻讓所有人活在停不下來的動態中……。

亨利·福特——不管是什麼，都節省了時間，先生。這並不矛盾！我鼓吹美國人買車的第一則廣告就是以諺語「時間就是金錢！」爲出發點。工作也是如此：每一個操作過程工人都必須抓準時間：早一秒不行，晚一秒太遲。工人的每一天都應該遵守同樣的原則，最好住在工廠附近以節省來回的時間。所以我一直認爲工廠的規模是中型較大型爲佳……可以避免住宅區、貧民區、骯髒、犯罪、惡習……。

訪問者——可是底特律……大量人潮聚集在中西部想在福特公司找一份工作……。

亨利·福特——當然，只有我能夠在產業界一片慘澹聲中給高薪而且不斷調薪……。讓我的理念得到美國經濟體系的支持可不容易：帶動市場的是高薪，不是高獲利。要付高薪就必須在生產系統上節省。這是唯一有意義的節省，不是爲了累積財富而是爲了加薪，提高消費能力，帶來富裕。富裕的祕訣是在價位和品質之間取得平衡。以富裕而非以貧窮爲基礎才能建設：我是第一個意識到的人。如果一個資本家滿腦子都是賺錢，他就不是一個優秀的資本家。我始終以爲自己什麼都沒有，只不過是利用我的財產製造更好的生產工具爲他人服務。

訪問者——可是工會的看法不一樣。而您多年來跟工會的關係都在冰點……。一九三七年您還僱用專業打手和拳擊手阻止罷工……。

亨利．福特——有些人居中挑撥是非，企圖在福特公司和工人之間製造紛爭，那都是可以消弭的紛爭。我都算過了，讓工人與公司的利益是一體的。那些人雞蛋裡挑骨頭，跟我的原則，還有大自然法則都扯不上關係。要講的是工作道德，一種不容顚覆的服務道德，因爲那是大自然的定律。大自然說：好好工作！唯有辛勞付出才能擁有美好的未來與快樂。

訪問者——但所謂的福特主張，也就是您曾經大受歡迎的社會理念——固定的工作，穩定的收入，一定程度的小康——改變了工人的思考模式。您知道嗎，福特先生？因爲您，他們從散漫的流動人口轉變成爲有利益需要維護，對自身的尊嚴及價值有所認知，懂得要求安定、保障、合約，還有決定自己命運的自主權的一群人。這是您的大家長作風也無法壓抑、控制的不能抗拒的進程……。

亨利．福特——我只看未來，不是爲了讓事情複雜，是讓事情簡單化。可是那些負責計畫未來，提出改革的人卻使一切更爲複雜。什麼改革者、政治理論家、還有總統，像威爾森、羅斯福……，都一樣。我只得孤軍奮戰，獨自一人對抗那複雜得莫名其妙的世界：政治、金融、戰爭……。

訪問者——您該不是要否認戰爭所帶來的商機吧？

亨利・福特——這些商機不在我計畫之內。沒人能否認，我是和平主義者，向來反對美國介入第一次和第二次世界大戰。一九一五年我組織了一艘和平船穿越大西洋直到挪威，隨行者包括中國人、大學學者、記者，一起呼籲歐洲各陣營捐棄敵意。他們不聽。結果連我自己的國家也加入戰局。福特也開始爲戰事效力。我就是在那時候宣佈決不會碰戰爭帶來的任何一毛錢。

訪問者——您說要把錢捐給國家，可是結果並沒有……。

亨利・福特——戰後我面臨了很嚴重的金融問題。銀行……。

訪問者——銀行也一直是您的絆腳石……。

亨利・福特——金融體系是另外一個麻煩，不但不幫助生產，反而處處掣肘。對我而言金錢永遠在工作之後，是工作的結果，不是條件。我跟金融界保持距離之後就一切順遂：一九二九年我絲毫沒有受到金融危機的影響，因爲我的公司並未上市。我工作的目標就是簡單……。

訪問者——可是您在您說並不贊同的這個經濟體制裡面卻居龍頭地位。您不認爲您的說法與其說是崇尚簡單，會不會其實流於簡化？

亨利．福特——我做生意秉持的原則就是美國一貫的簡單。華爾街是另外一個世界，對我來說……是陌生的世界，屬於東方……。

訪問者——福特先生，您大可以對華爾街表達不滿……，但不能把金融和你的對手跟特定人士、特定宗教混爲一談……。還在您的報紙上發表排斥猶太人的文章……結集成册……支持德國那個差一點就掌權的混世魔王……。

亨利．福特——大家都誤會我的想法了……。歐洲發生的種種醜事都與我無關……。我那麼說是爲美國，也是爲那些跟我們不同的人著想，他們如果想加入我們得先了解我們美國眞正的精神所在……也是我經營公司、引以爲傲的精神……。

訪問者——您在生產的實踐方面投注了許多心力，理論方面也不遺餘力……。從物的角度來看，都符合您的預期和計畫，從人的角度來看則否，人這方面您始終掌握不好，期待落空……是這樣嗎？

亨利．福特——我的野心不僅限於物，鐵、鋼板、鋼鐵是不夠的。這些東西不具任何意義。我思考的是人類模式的問題。不只要製造貨品，我還想製造人！

訪問者——麻煩您再做進一步的說明，福特先生。我可以坐下嗎？可以抽菸嗎？您要嗎？

亨利・福特——不要！這裡不准抽菸！抽菸是不良嗜好。在福特工廠裡是禁止抽菸的！我多年來一直致力於宣導禁菸。愛迪生也同意。

訪問者——可是愛迪生自己也抽煙啊！

亨利・福特——他只抽雪茄。不多抽，雪茄我倒是沒有意見。還有菸斗。這是美國傳統的一部分。香菸就不是了。統計數據指出罪大惡極的罪犯都是老菸槍。香菸讓人墮落！我還寫過一本書反對香菸！

訪問者——您沒有想過，除了香菸以外，您也可以花點時間關心工作節奏對健康的影響？或是您工廠的污染問題？或是您的汽車排放廢氣的問題？

亨利・福特——我的工廠總是乾乾淨淨、照明完善、通風良好。我可以證明給您看，沒有人比我更關心保健的了。我要談的是倫理，是思想。我的計畫需要的是老老實實、埋頭苦幹、循規蹈矩、家庭生活美滿、家裡窗明几淨井井有條的人！

訪問者——所以您就組成了調查小組，去窺探員工的私生活？打聽他們的感情狀況，及性生活？

亨利・福特——一個私生活中規中矩的員工，面對工作也會中規中矩。我選人不光看他的產能，也要看他在家裡的表現。我如果要用已婚男子，當然要選好爸爸，不會選酒鬼、賭徒或遊手好閒的人，這也符合效率原則。若是女性員工，會以有小孩的優先，不過要是先生有工作，那她們就該待在家裡！

訪問者——結果第一個攻擊您的卻是清教徒，主張汽車是妨礙家庭的罪魁禍首。傳教和衛道人士大加韃伐的原因是汽車讓未婚男女約會時遠離所有監視；週日將全家人帶去閒逛而不是上教堂；爲了買車拿房子做抵押，耗盡所有積蓄；讓向來精打細算的人萌生度長假和旅行的念頭；讓窮人心有不甘，引發暴動……。

亨利．福特——這些反動者就像布爾什維克黨人：他們看不清事實，不知道什麼是生活基本運作不可或缺的。我也是憑想法，憑模式行事，但我的想法都很實際。

訪問者——嗯，布爾什維克……。您對蘇維埃共產黨自始即拿福特作爲範本這件事有什麼看法？列寧和史達林很崇拜您的生產組織，甚至可以說是您的理論的信徒。他們也希望社會能依照企業生產原則加以規劃，工廠和工人就像底特律一樣上軌道，他們也希望教育勞工，變得嚴謹、有紀律……。

亨利．福特——可是我給我員工的，他們並沒有做到。他們跟反動派如出一轍的嚴管政策，只帶來了貧窮；我的嚴管制度卻得到富裕。他們做了什麼我沒興趣，我的理念是美國的，爲美國所設想的，有先驅者的精神，不畏艱難，勇於嘗試，雖然自律甚嚴但懂得享受人生……。

訪問者——只是有先驅精神的美國已經不再……被底特律的亨利・福特公司抹煞了……。

亨利・福特——我來自早期的美國。我父親有一座農場，在密西根。我就是在我父親的資助下在農場開始研究我種種發明的；我原本想製造農業用的運輸工具。結果第一輛汽車就這麼在鄉下誕生了。我很喜歡我童年、我父母親那個年代的美國。當我發現它正漸漸消失時，便開始收集老的農業用具，犁、水車、拖車、馬車、爬犁，還有傾圮的老木屋裡的家具……。

訪問者——就像製造污染的環境同樣造就了生態學，而汰舊換新的結果就有了所謂的古董……。

亨利・福特——我在麻塞諸塞州的薩德伯利買了一個老飯館，包括招牌、小門……。還重新舖了一條以前拓荒者駕車西進會經過的泥巴路……。

訪問者——所以為了恢復飯館以前驛馬車川流不息的舊觀，您還讓一條有福特汽車轟隆隆疾馳的道路改道？

亨利・福特——我們美國無奇不有，你不覺得嗎？美國鄉村不應該沒落。我向來反對農民遷移。我爲田納西設計了一個水力發電廠，可以用極爲低廉的價錢提供農業用電。我願意提供他們小家電、肥料，讓他們遠離城市。可是政府和農民都拿我的話當耳邊風。每次很簡單的一個想法他們都搞不懂：生活的三大要素是農業、工業和運輸。所有的問題都出在耕種、生產和運輸的方式上，我提出的都是最簡單的解決辦法。農耕工作搞得太複雜了，只有百分之五的精力用在對的地方。

訪問者——所以，您並不懷念那樣的生活？

亨利・福特——您如果以爲我對過去依依不捨，那您就太不了解我了。我對過去一點興趣都沒有！我也不相信歷史經驗。讓大家成天滿腦子都是過去的記憶實在是冉愚蠢不過的事。

訪問者——可是過去是經驗……在人類和每個人的一生中……。

亨利・福特——包括個人經驗也只是在緬懷過去的失敗而已。工廠裡的專家只會告訴你這個不可行，那個已經試過但沒什麼用……。我要是眞聽他們的，根本不可能實現我今天完成的任何一樣東西，我一開始就會裹足不前，絕不可能組裝什麼內燃機。在那個時代專家認爲電力可以解決一切問題，就連馬達也應該是用電的。當然囉，大家都爲愛迪生瘋狂，我也不例外。我問過他會不會以爲我是個瘋了，因爲我堅持要用「吐夫—吐夫」作響的馬達。結果愛迪生，偉大的愛迪生跟我說：「年輕人，我坦白告訴你。我這一生都在研究電，可是電子機械永遠不能離開電力供應站太遠。別以爲可以帶著蓄電池到處跑，實在太重了。蒸汽機也不是最理想的，它需要火爐和火，還有燃煤。而你發明的機器卻能自給自足，不要火，不要火爐，沒有煙，沒有蒸氣；它的能源工廠可以自行運轉。這才是我們需要的，年輕人。你做得很好！繼續下去，不要氣餒！你如果能成功發明一個輕巧又自給自足的馬達，不用像電池那樣需要填充的話，你的前途無量！」

愛迪生是這麼跟我說的。他是電力大王，卻是唯一一個意識到我即將完成的創舉是電也無法企及的人。是不是專家不重要，別人做過的也不重要。重要的是一個人可以做什麼，想做什麼，他對未來的想法！

訪問者——您的未來已經是過去了……依然制約著我們的現在……。您說說看，今天您環顧四周，看到了您預期的未來嗎？我是說當年您還是鄉下小孩，關在您父親的農場裡研究汽缸、活塞、傳輸帶和輪胎差速齒輪時所憧憬的未來……。福特先生，那時候您想要的未來是……？

亨利・福特——我想要的是輕，輕巧的馬達配上輕巧的汽車，就像我曾經試著安裝蒸氣爐的那輛雙輪小馬車……。我一直在追尋的是輕，減少多餘的材料和體力……。我一整天都關在糧倉裡……聞著外面飄來陣陣乾草香……池塘邊老榆樹上的鶉鳴……。一隻蝴蝶從窗戶飛進來，被蒸氣爐的火光吸引拍著翅膀環繞不去，活塞一陣騷動，牠悄然飛走，多麼輕盈……。

（畫面是大都會堵塞的交通，公路上成列的卡車，軋鋼機的操作情景，生產線，煙囪冒出的黑煙等等，與話已入尾聲的福特影像重疊。）

---

❶ John Burroughs（一八三七—一九二一），美國自然評論家，所著有關鳥的作品尤受好評。

❷ Harvey Samuel Firestone（一八六八—一九三八），創立一家頗具規模的輪胎和橡膠公司，一九〇六年開始，亨利．福特與該公司展開長期商業合作關係。

# 最後的頻道

我的大拇指不聽指揮向下施力：我不時、間斷地覺得有按、壓，一種扣板機的慾望；如果他們認爲我有精神病指的是這個，算他們說對了。可是他們若以爲我的行爲舉止是恍惚、意識不清的結果那就錯了。唯有現在，在療養院這有棉花塡充壁、光可鑑人、沒人打攪的小房間裡，我才能對控方及辯方冠在我頭上的種種不實罪名予以反駁。希望利用這份備忘錄我能向法庭提出上訴，儘管我的辯護律師堅決反對我這麼做，但我還是要說出眞相，唯一的事實，我的事實，說不定有人能懂。

醫生也在黑暗中比手畫腳，但至少他們樂於見到我提出寫作的要求，給了我這台打字機和一疊紙：他們認爲這是把我關在沒有電視機的房間後好轉的徵兆，還說我單手抽搐的緊張情緒的紓解全賴我在被逮捕時被沒收，但在看守所、偵訊和開庭過程中一直緊握在手上的（他們每次從我手中搶走時我全身痙攣可不是裝的）一個東西。（我是想跟他們解釋

——如果無法證明犯罪事實，也就是我的所作所爲，已成爲我身體的一部分，要怎麼讓他們信服呢——我爲什麼要那麼做？）

對我的第一個錯誤認知是我的注意力無法持續數分鐘專注在連續的畫面上，我只能接收故事和敘事的片斷，沒有先後順序，也就是說我腦中認知世界的連續神經斷了。不是眞的，他們用來支持他們理論的證據——我可以幾個小時動也不動坐在電視機前面卻不看任何節目，只是機械化地按遙控器從一個頻道跳到另一個頻道——正好說明事實相反。我相信世界的紛紛擾擾是有意義的，一個一致、從原因到結果都自有其道理的故事此刻正在某個角落發生，我們應該有辦法求證，而這個故事就是評斷和理解一切的祕訣。就是這個想法才會讓我睜著昏花的雙眼盯著螢幕，同時遙控器胡亂按一通讓部長的訪談、情人的擁抱、體香劑的廣告、搖滾音樂會、遮著臉的犯人、火箭升空、西部槍戰、舞孃轉圈、拳擊賽、益智遊戲、日本武士對決的畫面出現然後消失。我之所以不停下來看這些節目是因爲我要找的節目是另外一個，我知道有，但是不在那些節日之中，這些節目的播放是爲了矇騙且不鼓勵像我這樣認定另外那個節目才眞正重要的人。所以我從一個頻道換到另一個頻道，不是因爲我的精神完全無法集中到連看一部影集、一段對話，或賽馬都做不到。其實正相反，我的全副注意力都擺在我絕對不能錯過的東西上，在我電視螢幕上充斥著浮濫、大同小異的影像的同時，某樣絕無僅有的東西正在成形，我大概已錯過了開頭，決不能再錯過結尾。我的手指在遙控器的按鍵上跳躍，一層層剝去如五彩洋蔥的外衣般的虛僞外表。

眞正的節目正透過我不了解的空中波段在來的路上，說不定會在空中迷路我就收不到它：一個陌生的電視台正在播放一個跟我有關的故事，我的故事，唯一可以跟我解釋清楚我是誰，從哪裡來要到哪裡去的故事。這個時候我跟我的故事所能建立的唯一關係是負面的：拒絕其他故事，撕開所有加諸在我身上的謊言面紗。這個按鈕的動作是我搭的一座橋，以搭上另一座伸向空無而我的觸角勾不到的橋：兩座電磁波中斷的橋各行其道，消失在破碎世界的塵埃中。

從我意識到這一點後，手中的遙控器便不再對著螢幕，轉而對向窗外、城市、燈光、霓虹燈、摩天大樓、屋頂的尖塔、長臂吊車的桁架，還有雲。接下來我將遙控器像武器那樣藏在披風的袖子裡到街上去。法庭上他們說我恨這個城市，企圖讓城市消失，說我被一股毀滅的衝動所驅使。不是眞的。我愛我們的城市，始終如一，她的兩條河，少數幾個小如一團陰影的植樹廣場，呼嘯而過叫人心碎的救護車警鈴，穿過街道的風，如無力的老母雞貼地飛過的報紙。我知道我們的城市可以是這個世界上最幸福的城市，我知道她是，但在另一個波段上，不是我活動的這個長波頻道，在那裡，我住了一輩子的城市才終於成爲我的棲身之地。那就是當我用遙控器對著珠寶店金光閃閃的櫥窗、雄偉的銀行立面、大飯店的旋轉門和華蓋時想要尋找的頻道：此舉是希望用一個或許屬於我的故事來拯救所有故事，絕不是因爲他們所說的出自威脅、偏執的惡意。

大家都在黑暗中比手畫腳：警察、法官、心理專家、律師、記者。「受制於不斷換頻道的衝動，這位電視觀衆誤以爲並奢望靠遙控器可以改變世界」：用類似的八股字眼來說明我的案子。可是所有心理測驗都排除了我有毀滅傾向的可能性；我對正在播出的節目的接受程度也在平均指數範圍裡面。或許我換頻道並不是在找所有節目的碴，而是在找任何一個沒被蟲由內蛀空，證明我之所以存在的所有事物未遭歪曲的節目都能夠傳遞的某樣東西。

於是他們又想出另外一套理論，他們說，有益於讓我恢復正常；或乾脆怪罪說我自以爲能夠控制他們認爲我隨時會犯的罪行。根據這套理論我再怎麼換頻道，節目永遠一樣，應該說在我看來都一樣，不管播的是影集或新聞或廣告，所有電視台釋放的訊息只有一個，因爲萬事萬物都屬於同一個體系；即使離開電視，這個體系也無所不在，最多只讓你做外觀上的改變；所以我激動地猛按遙控器或雙手乖乖放口袋是一樣的，反正我也逃離不開這個體系。我不知道說這些話的人是眞的相信還是這麼說只是想往我身上套個罪名；反正他們對我也無可奈何，因爲沒有人能改變我對事物本質的看法。對我而言這個世界上眞正重要的不是同，而是不同：不同可大可小，可以微不足道，甚至無法察覺，重要的是突顯它們，相互比較。我知道頻道再怎麼選都是換湯不換藥，也知道一生中許多事情都被需要牽著走難以改變：不過祕密就在那小小的出軌，讓後續的引擎動起來的小小火花，然後差異會越來越明顯，變大，全面擴散。環顧四周，我身邊沒有一樣是對的，我在想根本什麼都不用，某個時刻避開的一個錯誤，對全局沒有任何影響的好或不好，就足以發展出迥異的結局。這麼簡單、自然的事，我在等它們現身：一面想就一面按遙控器。

遇到佛露尼亞，我以爲終於找到正確的頻道。我們交往初期我的確放下了遙控器。她的一切我都爲之著迷，褐色的髮髻、接近女低音的低沉嗓音、馬褲和尖頭靴，還有我們共同的嗜好，牛頭犬及仙人掌。跟她的父母親相處感覺也不錯，他們的房地產投資變成我們度假的地方，佛露尼亞的父親準備在我們結婚以後在保險公司幫我安排一個主管級的位置成爲合夥人。所有跟我本意相違背的疑問、反對意見、假設我都試著視而不見，直到我察覺他們變得越來越堅持，我問我自己那些我一直以爲是突發、枝微末節的模糊焦點，那些小小的裂痕、誤會、阻撓會不會是未來的徵兆，我們的幸福會不會像電視連續劇一樣暗藏了許多無奈與勉強。不過我認爲我和佛露尼亞是天生的一對這個想法並未稍減：說不定另一個頻道上有像我們這樣的一對情侶，只因命運略有不同就有可能過著更多采多姿的生活……。

帶著這個念頭我那天早上拿起遙控器，指向白色山茶花的花籃、佛露尼亞母親飾有藍色花朵的帽子、她父親領帶上的那粒珍珠、牧師袍、銀線刺繡的新娘面紗……。當所有在場來賓都等著我說「是」的時候，我的舉動被大家所誤解：尤其是佛露尼亞，她認爲那代表拒絕，當眾羞辱。而我只不過是想表示說從那 刻開始，在另一個頻道上，佛露尼亞和我的故事將遠離管風琴的樂聲和攝影機的閃光燈，許多其他東西將會印證我和她的事實……。

或許在所有頻道之外的那個頻道上，我們的故事尚未結束。佛露尼亞還是深愛著我，可是在這裡，在我所居住的這個世界裡，她卻不願意聽我解釋：她再也不肯見我了。那一次決裂我始終無法釋懷，就是那個時候我開始過著報紙上描述的瘋瘋癲癲的流浪漢生活，帶著奇怪的武器在城裡遊蕩……。我的意識反而前所未有的清楚：我明白了，要從上層著手，如果所有頻道都有問題，應該最後會有一個與眾不同的頻道，其主事者或許跟其他人相去不遠，但在個性、思維、認知問題上略有不同，可以阻止地基出現裂縫、彼此的不信任、人類關係的惡化……。

可是警察早已注意到我。那次在爭相目睹高峰會議各國國家元首下車的人群中我殺出一條路溜進會議大樓，在保安人員重重防衛下，我還來不及舉起遙控器就被他們一擁而上拖離現場，不管我再怎麼抗議說我並不想打擾開會，只是好奇想看看另外那個頻道在演什麼，幾秒就好，也是徒然。

Prima che tu dica《Pronto》

在你說「喂」之前

# 拼音遊戲

(取自喬治・佩賀克[1])

佩賀克的拼音遊戲（Petit abécedaire illutré，一九六九年自費出版，後收錄在Oulipo, La littérature potentielle, Gallimard出版社，一九七三年出版，頁二三九及頁三〇五）共有十六則極短篇，關鍵在最後面：每一則在語義上與另外由一個子音搭配五個母音的短短幾個音節接龍相對等，例如BA-BE-BI-BO-BU, CA-CE-CI-CO-CU, DA-DE-DI-DO-DU，以此類推。

像PA-PE-PI-PO-PU這一組的故事是這樣的：「遷至克雷蒙納後，教皇終日憂心忡忡地望著發出惡臭的河水。Pape épie, Pô pue.（教皇翹首，波河臭）」。

這種義—音對等在義大利文就更難了，因為我們語言的發音—拼字的關係變化較小，加上我們的單音節字很少，更鮮有字是以u結尾的。但我還是完成了以義大利文所有子音（除了Q）為字首，包括C和G兩種不同發音及雙子音如GL，GN，SC的十九則拼音遊戲。

我嚴格遵循BA-BE-BI-BO-BU的規則，最多只重複子音或母音。（也有母音重複三次的情形。）唯一兩個例外是GN，不該出現的一個母音雖然在發音上省略掉了但拼字上則否，還有P，最後多了一個半母音。（P這一組故事是強保羅．朵森納〔Giampolo Dossena〕的作品。）佩賀克難得一用的縮寫，我們卻常常派上用場。

所有這些音節接龍，我想應該算是沒有強說愁吧。最後的Z陷入苦戰，可是到終點還放棄就太缺乏運動精神了。

## BA-BE-BI-BO-BU

所有女孩都爲巴伯（Bob）瘋狂，但他對她們的示愛無動於衷。得知巴伯要乘郵輪到印度去，烏麗卡（Ulrica）認爲航行中的漫漫長日是絕佳的求愛時機，決定搭乘同一艘船。她跟持懷疑態度的朋友盧德蜜拉說：「等著瞧吧。我一追到他就通知你。我打賭出紅海前就會成功。」果然，盧德蜜拉收到一封從巴不曼德布（Bab-el-Mandeb）寄的簡短明信片。

——巴不曼德布。巴伯是我的了。烏。

（Bab. Ebbi Bob. U.）

## CA-CHE-CHI-CO-CU（譯註：此處C及CH發音同K）

腸胃診療中心對病患進行一項排便研究。每個病患的糞便都按字母分爲十七種：量大的，就是A，以此類推，量最小的，則列爲Q。一名護士每天早晨巡視各病房，要求病患出示最新排出的糞便，瞥一眼，然後在紀錄表上做記號。只要幾個字她就可以提問、評斷和下結論。

——糞便？小。Q。

（Cacche? Chicco. Q.）

## CIA-CE-CI-CIO-CIU（譯註：此處C發音同「池」）

毛澤東在中國施行人民公社制度，一開始困難重重。食物配給缺乏系統，糧倉往往空無一物。有時候家庭主婦去領她配給的豆子卻聽到回答說糧食沒了，空蕩蕩的店裡只剩下總理肖像掛在牆上。

——有豆子嗎？——有周（周恩來）。

（Ci ha ceci?——Ci ho Ciu.）

## DA-DE-DI-DO-DU

有一個美國年輕人在義大利學聲樂，胸腔的co一直唱不好。老師要求他把那個音用力唱出來，爲了增加說服力，還講英文勉勵學生照他說的做。

——用力，噢，唱do！做呀！

（Dá, deh, di do! Do*!）

*英文。

## FA-FE-FI-FO-FU

因爲錄音瑕疵或是由於聲音故意模仿的關係，聽唱片無法分辨錄製某齣短劇的演員是誰。但如果是用立體聲音響（hi-fi）聽就一清二楚了。

——立體聲原音重現：是佛（譯註：Dario Fo，劇作家及演員，一九九七年諾貝爾文學獎得主）。

（Fa fe' fi: Fo fu.）

## GA-GHE-GHI-GO-GU（譯註：此處G及GH發音同「個」）

有一個名叫奇哥（Ghigo）的傢伙每次爲了維護自己的權益就拿政府公報（Gazzetta Ufficiale）上的法令撐腰，徒惹人笑話。

——奇哥名言：——我有政府公報。

（Gag é Ghigo:—Ho G. U.）

GIA-GE-GI-GIO-GIU（譯註：此處G發音同J）

——這一次你逃不掉了，喬伊（Joe）！——警長說。——把槍丟下，快！這不是耍帥的時候！

——還耍帥，喬伊？快丟！

（Già aggeggi, Joe? Giù!）

GLIA-GLIE-GLI-GLIO-GLIU（譯註：此處GLI發音近「ㄧ」）

一個托斯卡納的菜販聽見有人問他有沒有賣大蒜（aglio），他回答說他的大蒜跟油（olio）一樣多汁。

——您有沒有大蒜？——我有的可是油蒜喔！

（Gli ha agli egli?——Gli ho ogli, uh!）

GNA-GNE-GNI-GNO-GNU（譯註：此處GN發音近「你」）

安聶色（Agnese）太太若用方言稱呼就變成尼亞·阿聶（Gnà Agnè），被一位愛慕她的詩人喻爲熱情的（igneo）印度羚，或者應該說所有想像得到的熱情羚羊（gnù）。

——尼亞·阿聶是所有熱情的羚羊。

（Gnà Agnè è (o)gni igneo gnù.）

LA-LE-LI-LO-LU

在跟尼采一波三折的戀愛過程中，盧·薩樂美（Lou Salome）曾經努力試著撩撥尼采精神之外的肉體反應。結果哲學家雙手在額前一拍，跟她說唯有他的心靈才具備可以載他翱翔的翅膀（ale）。

——翅膀我有，盧！

（L' ale li l'ho, Lou!）

## MA-ME-MI-MO-MU

禪師面臨必須回答是或否的問題時，以另外一種方式回答：目（mu），這個日本字的意思是「既非是亦非否」，或「問題不當」。於是我在被問到的時候，也改以聳肩和搖頭來代替是或否。

——至於我嘛不說目。

（Ma a me mimo mu.）

## NA-NE-NI-NO-NU

對皮耶羅・內尼(Piero Nenni)被提名外交部長，反對意見多認爲他在美國外交界不受歡迎，贊成者則予以反駁說他在聯合國（ONU）有很多朋友。

——內尼在聯合國有人。

（N'ha Nenni in ONU.）

PA-PE-PI-PO-PU（取自強保羅・朵森納）

一九四四年。德軍佔領的義大利北方，不僅有美國火力強大的轟炸機隊在空中穿梭，還有一架英國小飛機每天晚上孤零零地掠過偏遠鄉鎮上方；偶爾丟枚炸彈，除了發洩怒氣之外不見它有特定目的。義大利人久而久之認得它的聲音，對它沒有惡意的造訪也就不以爲意。大家都叫它「皮博」（Pippo）。

一晚我正在看德西得魯司・帕普（Desiderius Papp）的《未來與世界末日》，思考銀河系的前途，星星的爆炸與殞滅，未來地球生物的絕種問題。忽然聽到轟隆隆的聲音接近，接著是爆炸巨響。「皮博」丟了一枚炸彈。結果我從遙遠的宇宙剎那間被拉回了此地此刻。

——帕普，換成皮博：砰！

（Papp, e Pippo: Pu[m]!）

## RA-RE-RI-RO-RU

自緬甸人烏·唐特（U Tant）出任聯合國祕書長一職開始，就有人好奇東方人天生有障礙的打舌音「r」會不會帶來一些困擾。結果才短短幾個月的時間，烏就能朗朗上口。有朋友恭喜他說現在大體良好，只有少數幾次「r」的發音有待加強。

——很少發錯「r」的音了，烏。

（Rare erri "r" or, U.）

## SA-SE-SI-SO-SU

為了說服夜總會的老闆僱用自己，脫衣舞孃向他保證一定能讓觀眾興奮。

——告訴你，保證勃起。

（Sa, sessi isso su!）

SCIA-SCE-SCI-SCIO-SCIU（譯註：此處SC發音同「施」）

一位比較語言學家遠赴波斯以求證印歐語系的幾個語音問題，誤闖皇帝沙赫（Sciá）的宮殿。衛兵趕他出去，警告他說當地依舊保留了斧頭（asce）斬首的刑罰。結果心慌意亂的學者情急之下只回了一句他研究的主題：古羅馬時期康帕尼亞一帶方言奧石語（Osci）的尾音，u。

——沙赫有斧頭！出去！噓！——奧石語的u。

（Sciá ha asce! Esci! Sciò! ——Osci u.）

TA-TE-TI-TO-TU

一位銀行職員向跟他詢問戶頭內一筆扣款緣由的朋友解釋說，那是銀行從他帳戶內扣除代繳電信公司TETI電話費用的轉帳金額。

——那是付給TETI的，老兄。

（T'ha TETI tot, tu.）

VA-VE-VI-VO-VU

市中心出現了一隻母雞，悠哉游哉地在路上閒逛，引起交通大亂。有人匆匆忙忙跑去報警（vigile urbano），講話時太急而且有點荒腔走板。

——抓活雞，警察！

（Va ave vivo, V.U.!）

ZA-ZE-ZI-ZO-ZU

動詞「zazzeare」已經很少用了，字典上解釋說是「散步」的意思。有個傢伙卻特別喜歡用冷僻的字，而且還省略母音，一天他遇到他叔叔（zio），問人家是不是要去散步。而講話老愛夾雜德文介係詞的叔叔回答說自己要去動物園（Zoo）。

——散步，叔？——到動物園！

（Zazze', zi?——Zoo zu!）

---

❶ Georges Perec，法國作家，作品風格接近當時的新小說（Nouveau roman）。

# 編輯註記

第一次收錄在此書中的這些短文原發表處如下。若手稿和印刷版兼有，則以手稿標題及時間爲準。

## 寓言及短篇（一九四三—一九五八）

〈呼喚德蕾莎的男人〉（L'uomo che chiamava Teresa），手稿，一九四三年四月十二日。

〈一念之間〉（Il lampo），手稿，一九四三年四月二十五日。

〈知足〉（Chi si contenta），手稿，一九四三年五月十七日；發表在《共和報》（*la Repubblica*）上，一九八六年九月十七日。

〈乾涸的河流〉（Fiume asciutto），手稿，一九四三年十月。

〈良心〉（Coscienzà），手稿，一九四三年十二月一日。

〈團隊精神〉（Solidarietà），手稿，一九四三年十二月三日。

〈害群之馬〉（La pecora nerà），手稿，一九四四年七月三十日。

〈百無一用〉（Buon a nulla），一九四五—四六年，標題爲手稿原始標題；原計畫寫成長篇最後成了短篇。標題改爲〈沒有諾亞〉（Come non fui Noè）發表在不知名雜誌上。只找到從雜誌上撕下來的這幾頁。

〈鴨之飛翔〉（Come un volo d'anitre），《週報》（*Il Settimanale*）II, 18，一九四七年五月三日。

〈離鄉背井的愛情〉（Amore lontano da casa），草稿，親自修訂，一九四六年。

〈城裡的風〉（Vento in una città），草稿，親自修訂，一九四六年。

〈軍隊迷途記〉（Il reggimento smarrito），《統一報》（*L'Unità*），一九五一年七月十五日；修訂版見合集《十四個短篇》（*Quattordici racconti*），Mondadori出版社，米蘭，一九七一年。

〈敵人的眼睛〉（Occhi nemici）（手稿標題）；之後在《統一報》以〈敵人的雙眼〉（Gli occhi del nemico）爲標題發表，一九五二年二月二日。

〈圖書館裡的將軍〉（Un generale in biblioteca）（手稿標題）；之後在《統一報》以圖書館將軍（Il generale in biblioteca）爲標題發表，一九五二年二月二日。

〈女王的項鍊〉（La collana della regina），以〈長篇小說片段〉（Frammento di romanzo）爲標題收錄在《大家的日子》（*I giorni di tutti*）一書中，Edindustria editoriale S.p.A 出版，一九六〇年。作者附註：「這篇是我從五二年到五四年寫的一個未完的長篇所摘錄出來的。透過一串遺失的珍珠項鍊，想以嘲諷的方式呈現戰後緊張局勢下一個工業城市的不同社會面貌。」

〈安地列群島的對峙〉（La grande bonaccia delle Antille），《不設防城市》（*Città Aperta*）I, 4-5，一九五七年七月二十五日；一九七九附註是卡爾維諾於一九七九年應菲利伽・佛洛伊歐（Felice Froio）之邀寫的。

〈仰天長望的部落〉（La tribù con gli occhi al cielo），手稿，作者附註說：「一九五七年十月——蘇維埃飛彈後，衛星前，爲《不設防城市》所寫，後未發表。」

〈蘇格蘭貴族的夢囈〉（Monologo notturno di un nobile scozzese），《快訊》（*L'espresso*），一九五八年五月二十五日；發表時附加一段第三人稱的說明，顯然是作者授意：「藉這篇寓言，作者卡爾維諾表達了大選前夕他對義大利現況的看法。麥可・狄更生所代表的主教會教徒，影射的是天主教民主黨；麥可・康納萊所代表的衛理公會，影射的是共產黨；而麥可・費古森代表的長老教會，影射的是無宗教信仰者。蘇格蘭貴族指的就是他們。其實卡爾維諾要說的是，我們的罪就在於拒絕承認我們的爭戰有如一場宗教戰爭，以爲這樣比較容易彼此妥協。」此處發表的是由作者親自修訂的打字稿。

〈美麗的三月天〉（Una bella giornata di marzo），《不設防城市》II, 9-10，一九五八年六、七月。

## 短篇與訪談（一九六八－一九八四）

〈世界的記憶〉（La memoria del mondo），Club degli Editori出版，米蘭，一九六八年。

〈砍頭〉（La decapitazione dei capi），《咖啡館》（*Il Caffè*）XIV, 4，一九六九年八月四日；作者附註說：「這篇是我計畫多時的書中幾個章節的草稿，提出一種新的社會模式，亦即一個建立在領導階層內部定時舉行儀式性處死的政治體系。我還沒有決定書的形式。這裡的每一個章節都可能寫成另一本書；所以每一篇的編號並不代表前後順序。」

〈邪惡之家失火記〉（L'incendio della casa abominevole），《花花公子》（*Playboy*）義

大利版，一九七三年。

〈加油站〉（La pompa di benzina）（手稿標題）；後於《晚郵報》上發表，一九七四年十二月二十一日，標題爲〈情非得已〉（La forza delle cose）。

〈尼德蘭人〉（L'uomo di Neanderthal），收錄在合集《不可能的訪談》（*Le interviste impossibili*）一書中，Bompiani出版社，米蘭，一九七五年。

〈蒙特祖瑪〉（Montezuma），收錄在合集《不可能的訪談》一書中，Bompiani出版社，米蘭，一九七五年。

〈在你說「喂」之前〉（Prima che tu dica《Pronto》），《晚郵報》，一九七五年七月二十七日。

〈冰河期〉（La glaciazione），應日本飲料公司「三多利」之邀而寫，先以日文發表，後於《晚郵報》上發表，一九七五年十一月十八日。

〈水之呼喚〉（Il richiamo dell'acqua），爲維多利歐・葛畢（Vittorio Gobbi）、賽吉歐・托雷賽拉（Sergio Torresella）著作《渠水道的昨日與今日》（*Acquedotti ieri e oggi*）所寫的前言─短篇，Montubi出版社，米蘭，一九七六年。

〈鏡子，靶〉（Lo specchio, il bersaglio）（手稿標題），於《晚郵報》上發表，一九七八年十二月十四日，標題爲〈靶後的女人〉（C'è una donna dietro il bersaglio）。

〈卡薩諾瓦回憶錄〉（Le memorie di Casanova），爲馬西莫・康皮伊（Massimo Campigli）的水彩繪本所寫的短篇作品，Salomon e Torrini 出版社，一九八一年；作者以第三人稱附註說明：「繼記載死而復生的馬可波羅周遊想像城市的《看不見的城市》之後，卡爾維諾著手準備另一部短篇小說，這一系列冒險犯難的主角仍然是一位威尼斯名人，賈科莫・卡薩諾瓦（Giacomo Casanova），也是一種文字記載，但關乎愛情。」後於《共和報》上發表，一九八二年八月十五、十六日。

〈亨利・福特〉（Henry Ford），打字稿，作者修訂日期爲一九八二年九月三十日。是爲電視寫的腳本，並未拍攝。

〈最後的頻道〉（L'ultimo canale），《共和報》，一九八四年一月三十一日。

〈拼音遊戲〉（Piccolo sillabario illustrato），Bibliothèque Oulipienne n° 6，已絕版，前有卡爾維諾導言，巴黎，一九七八年。略爲不同的版本後發表在《咖啡館》XXII，合訂本VIII，n° 1，一九七七年，且收錄在《Oulipo，潛在文學》（*Oulipo, la letteratura potenziale*）一書中，CLUEB出版社，波隆尼亞，一九八五年。

大師名作坊

## 卡爾維諾作品集

伊塔羅・卡爾維諾◎著

AA0907

# 看不見的城市

王志弘／譯　定價◎160元（224頁）

黃昏的御花園中，年老的大蒙古之王忽必烈，凝神傾聽來自威尼斯的青年旅人馬可波羅向他描述記憶的城市，慾望和記號的城市，死亡的城市，所有他統領但似幻似真、看不見的城市……

大師名作坊

卡爾維諾作品集

伊塔羅・卡爾維諾◎著

AA0908

# 給下一輪
# 太平盛世的備忘錄

吳潛誠／校譯　定價◎180元（176頁）

本書是卡爾維諾專為熟悉和熱愛小說藝術的行家和讀者所寫的備忘錄，是本世紀最具雄辯思考的一部文學辯護大書。

大師名作坊912

# 在你說「喂」之前

作　者—伊塔羅・卡爾維諾
譯　者—倪安宇
主　編—葉美瑤
編　輯—邱淑鈴
美術編輯—張瑜卿
校　對—邱淑鈴・倪安宇
董事長
總經理—趙政岷
總編輯—余宜芳
出版者—時報文化出版企業股份有限公司
10803台北市和平西路三段二四〇號三樓
發行專線—（〇二）二三〇六—六八四二
讀者服務專線—〇八〇〇—二三一—七〇五・（〇二）二三〇四—七一〇三
讀者服務傳真—（〇二）二三〇四—六八五八
郵撥—一九三四四七二四　時報文化出版公司
信箱—台北郵政七九～九九信箱
時報悅讀網—http://www.readingtimes.com.tw
**電子郵件信箱**—liter@readingtimes.com.tw
印　刷—勁達印刷有限公司
初版一刷—二〇〇一年八月二十七日
初版四刷—**二〇一七年五月九日**
定　價—新台幣二五〇元
（缺頁或破損的書，請寄回更換）

時報文化出版公司成立於一九七五年，
並於一九九九年股票上櫃公開發行，於二〇〇八年脫離中時集團非屬旺中，
以「尊重智慧與創意的文化事業」為信念。

Prima che tu dica《Pronto》
Copyright © 1993, Palomar Srl
ALL RIGHTS RESERVED.
ISBN 978-957-13-3466-9
Printed in Taiwan

國家圖書館出版品預行編目資料

在你說「喂」之前 ／ 伊塔羅. 卡爾維諾著；倪
安宇譯 . -- 初版 . -- 臺北市：時報文化，
2001〔民90〕
面： 公分 . --（大師名作坊；912）
譯自：Prima che tu dica《Pronto》
ISBN 978-957-13-3466-9（平裝）

877.6 90013656

請沿虛線摺下裝訂，謝謝！

| 編號：AA0912 | 書名：在你說「喂」之前 |
|---|---|
| 姓名： | 性別：＿＿＿＿ 1.男　2.女 |
| 出生日期：　年　月　日 | 身份證字號： |

＿＿＿＿ 學歷：1.小學　2.國中　3.高中　4.大專　5.研究所（含以上）

＿＿＿＿ 職業：1.學生　2.公務（含軍警）　3.家管　4.服務　5.金融　6.製造　7.資訊　8.大眾傳播　9.自由業　10.農漁牧　11.退休　12.其它

地址：＿＿＿＿縣（市）＿＿＿＿鄉鎮區＿＿＿＿村＿＿＿＿里

＿＿＿鄰＿＿＿＿路（街）＿＿段＿＿巷＿＿弄＿＿號＿＿樓

郵遞區號＿＿＿＿＿＿

（下列資料請以數字填在每題前之空格處）

＿＿＿＿ **您從哪裡得知本書／**

1.書店　2.報紙廣告　3.報紙專欄　4.雜誌廣告　5.親友介紹

6.DM廣告傳單　7.其他＿＿＿＿

＿＿＿＿ **您希望我們為您出版哪一類的作品／**

1.長篇小說　2.中、短篇小說　3.詩　4.戲劇　5.其他＿＿＿＿

**您對本書的意見／**

＿＿＿＿ 內　　容／1.滿意　2.尚可　3.應改進

＿＿＿＿ 編　　輯／1.滿意　2.尚可　3.應改進

＿＿＿＿ 封面設計／1.滿意　2.尚可　3.應改進

＿＿＿＿ 校　　對／1.滿意　2.尚可　3.應改進

＿＿＿＿ 翻　　譯／1.滿意　2.尚可　3.應改進

＿＿＿＿ 定　　價／1.偏低　2.適中　3.偏高

**您的建議／**

請沿虛線摺下裝訂，謝謝！

| 廣告回信 |
| --- |
| 台北郵局登記證 |
| 台北廣字第2218號 |

時報出版
CHINA TIMES PUBLISHING COMPANY
尊重智慧與創意的文化事業


地址：10803台北市和平西路三段240號3樓
讀者服務專線：0800-231-705・(02)2304-7103
讀者服務傳真：(02)2304-6858
郵撥：19344724 時報文化出版公司


請寄回這張服務卡（免貼郵票），您可以——
●隨時收到最新消息。
●參加專為您設計的各項回饋優惠活動。

MASTERPIECE

MASTERPIECE
大師名作坊

世界一流作家名作精粹

寄回本卡，大師名作將優先與您分享